无疆的文学

世界的音符

尚书房

走向世界的中国作家

陈州笔记

孙方友 著

CHINESE WRITERS
WITH WORLDWIDE INFLUENCE

图书在版编目（CIP）数据

陈州笔记/孙方友著. —北京 ：文化发展出版社，2016.9（2019.7重印）
ISBN 978-7-5142-1417-8

Ⅰ. ①陈… Ⅱ. ①孙… Ⅲ. ①短篇小说－小说集－中国－当代
Ⅳ. ①I247.5

中国版本图书馆CIP数据核字(2016)第164850号

陈州笔记

孙方友/著

出 版 人：赵鹏飞
总 策 划：尚振山　曹振中
责任编辑：肖贵平　孙　烨
责任校对：魏　欣　　**责任印制**：杨　骏
责任设计：侯　铮　　**排版设计**：麒麟传媒

出版发行：文化发展出版社（北京市翠微路2号　邮编：100036）
网　　址：www.wenhuafazhan.com
经　　销：各地新华书店
印　　刷：三河市金元印装有限公司
开　　本：889mm×1194mm　1/32
字　　数：150千字
印　　张：8.25
印　　次：2016年9月第1版　2019年7月第3次印刷
定　　价：49.80元
ＩＳＢＮ：978-7-5142-1417-8

◆ 如发现任何质量问题请与我社发行部联系。发行部电话：010－88275710

编委会

贾平凹：中国作家，书法家，画家。中国茅盾文学奖、费米纳文学奖、法国政府奖、美国美孚飞马文学奖获得者。作品被翻译成英、法、德、意、西、捷、俄、日、韩、越等二十多种文字。在国外产生影响的有英文版长篇小说《浮躁》，法文版长篇小说《废都》《土门》《古炉》等。

周大新：中国作家。中国茅盾文学奖获得者。作品被翻译成英、法、德、朝、捷等十多种文字。国外出版有法文版长篇小说《向上的台阶》等多部作品。由其短篇小说《香魂塘畔的香油坊》改编的电影《香魂女》获柏林国际电影节金熊奖。

尚振山：尚书房图书出版品牌创始人。出版有“中国名家随笔丛书”、“中国文学排行榜丛书”、“中国小小说名家档案”（100卷）等。

不仅是为了纪念

——"走向世界的中国作家"文库总序

野　莽

尚书房请我主编这套大型文库，在一切都已商业化的今天，真正的文学不再具有20世纪80年代的神话般的魅力，所有以经济利益为目标的文化团队与个体，已经像日光灯下的脱衣舞者表演到了最后，无须让好看的羽衣霓裳做任何的掩饰，因为再好看的东西也莫过于货币的图案。所谓的文学书籍虽然也仍在零星地出版着，却多半只是在文学的旗帜下，以新奇重大的事件冠以惊心动魄的书名，摆在书店的入口处引诱对文学一知半解的人。尚书房的出现让我惊讶，我怀疑这是一群疯子，要不就是吃错药由聪明人变成了傻瓜，不曾看透今日的文化国情，放着赚钱的生意不做，却来费力不讨好地搭盖这座声称走向世界的文库。

但是尚书房执意要这么做，这叫我也没有办法，在答应这事之前我必须看清他们的全部面目，绝无功利之心的传说我不会相信。最终我算是明白了他们与上述出版人在某些方面确有不同，私欲固然是有的，譬如发誓要成为不入俗流的出版家，把同行们往往排列第二的追求打破秩序放在首位，尝试着出版一套既是典藏也是桥梁的书，为此已准备好了经受些许财经的风险。我告诉他们，风险不止于此，出版者还得准备接受来自作者的误会，这计划在实施的过程中不免会遇到一些未曾预料的问题。由于主办方的不同，相同的一件事如果让政府和作协来做，不知道会容易多少倍。

事实上接受这项工作对我而言，简单得就好比将多年前已备好的课复诵一遍，依照尚书房的原始设计，一是把新时期以来中国作家被翻译到国外的，重要和发生影响的长篇以下的小说，以母语的形式再次集中出版，作为中国当代文学的经典收藏；二是精选这些作家尚未出境的新作，出版之后推荐给国外的翻译家和出版家。入选作家的年龄不限，年代不限，在国内文学圈中的排名不限，作品的风格和流派不限，陆续而分期分批地进入文库，每位作者的每本单集容量为二至三个中篇，或十个左右短篇。就我过去的阅读积累，我可以闭上眼睛念出一大片在国内外已被认知的作品和它们的作者的名字，以及这些作者还未被翻译的 21 世纪的新作。

有了这个文库，除去为国内的文学读者提供怀旧、收藏和跟踪阅读的机会，也的确还能为世界文学的交流起到一定的媒介作用，尤其国外的翻译出版者，可以省去很多在汪洋大海中盲目打捞的精力和时间。为此我向这个大型文库的编委会提议，在编辑出版家外增加国内的著名作家、著名翻译家，以及国外的汉学家、翻译家和出版家，希望大家共同关心和参与文库的遴选工作，荟萃各方专家的智慧，尽可能少地遗漏一些重要的作家和作品，这方法自然比所谓的慧眼独具要科学和公正得多。

当然遗漏总会有的，但那或许是因为其他障碍所致，譬如出版社的版权专有，作家的版税标准，等等。为了实现文库的预期目的，那些障碍在全书的编辑出版过程中，尚书房会力所能及地逐步解决，在此我对他们的倾情付出表示敬意。

2016 年 5 月 7 日写于竹影居

目录

赵振沨

赵振沨于1910年出生于开封，原籍是陈州南瓦关集人。

赵振沨的父亲叫赵日升，清末秀才，后因戊戌变法，废科举，改学堂，他考上了保定甲等政法学堂学习法律，深受旧民主主义的教育，终于成为一个很虔诚的旧民主主义信仰者。后来，他到了开封，先做了一位法官的书记官，以后就一直做律师。

赵振沨从小就受到父亲旧民主主义思想的影响，并且从幼年开始，就给父亲做司法上的助手，写些诉讼状之类的稿子，等到他上中学的时候，正遇上军阀混战，不久，北伐军打到河南。当时的河南省会在开封，军阀们皆以占领汴京为标志，所以市人整日人心惶惶。待到上高中时，又赶上国民党四处抓共产党。那时学校里有一个十八岁的高年级学生叫王梦晓，信阳人，和赵振沨很要好，又是同桌，可万没想到，王梦晓竟被国民党在学校抓共产党学生时抓走了，并且没几天就把这个十八岁的学生枪杀了。这对赵振沨震动很大，百思不得其解。正在迷惘之时，他结识了地下共产党员方渐文，由方老师引进，从此走上了革命道路。1928 年秋，他以开照相馆为名义，开始做党的地下工作。

赵振沨的照相馆在鼓楼街一侧，两间门面房，取名为“艳芳照相馆”。当时开封的照相馆还很少。1928 年的秋天里，照相还是某种身份的象征。照相机更是金贵，除去报馆记者、省政府的官员外，一般人是极难买得起的。那时候国人称照相机为“开麦拉”。一般照相馆的“开麦拉”多是英国产的“莱孚”，又大又笨，拍照时先用一块红布蒙了头装底版，然后手里攥个橡皮囊，嘴里喊着“笑一笑，笑一笑”，然后一捏橡皮囊，“相”就被摄进相机里。由于当时的黑白底版洗出后凡露皮肤的地方均是血红色，市人便谣传照相吸血，所以照相馆只能面对有知识的富人。当一桩生意显出贵族化时，价格自然昂贵。“艳芳照相馆”的任务自然不是以盈利为目的，地下党开照相馆的目的主要是让赵振沨以照相做掩护打入上流社会。当时的富人为摆阔气，每逢节日或给老人祝寿照全家福时，多请照相师傅到府上去。这样一来，就给赵振沨不少接触富绅和官员的机会。赵振沨利用这些机会，尽力与富绅和官员拉关系，介绍引见了不少我党地下工作者打入敌人内部，为党做了很多工作。

开封繁塔旁当时有一大户人家，主人姓孟叫孟繁树。孟繁树是省参议员，在政界颇有声望。他有个女儿叫孟影，爱照相，常把赵振沨请到府内给她拍生活照。孟影长得很漂亮，被古城的公子小姐们称誉为“市花”，所以照出的照片如画似的。由于“底版”好，孟影也就照相成癖。每回孟影一叫，赵振沨就要背着笨重的相机走进孟府。孟府很阔绰，四进深的大宅，院内花圃丛丛，甬道通幽。大宅的后花园里假山真水，竹木异草，九曲回廊，应有尽有。孟影就住在三进处的阁楼里，常在自家花园里拍照。她按照赵振沨的吩咐，摆出各种姿态，穿着各种服装，拍出了不少令人惊叹的照片。赵振沨把孟影的照片放大装进橱窗内，为“艳芳照相馆”赢来了不少生意。

孟影小姐开初只是喜欢自己照相，发展开来，竟也迷恋起光和影的艺术来。她让父亲托人从北平买回一架手提相机，开始学习摄影艺术，并说要在方寸之间寻求大千世界，表现社会，追求美好，争当一名摄影家。赵振沨为了靠近孟繁树，当然支持孟影学摄影，抽空就手把手地教她调焦距，选外景，又指挥孟家仆人为孟影改造了一间暗房，教她如何配药水，如何冲洗相片……由于二人接触频繁，慢慢就产生了爱情。

孟影为能走出深宅大院，常以学照相为名，来“艳芳照相馆”找赵振沨。赵振沨为让孟影走上革命道路，就借此机会给她灌输马列主义，讲述革命道理，鼓励她脱离反动家庭。为公，这算是发展革命力量；为私，是为了能与孟影成为终身伴侣。因为赵振沨深知，虽然孟影很爱自己，但她的父亲决不会让女儿嫁给一个“照相的”。如果眼下公开他们的关系，肯定会使古城哗然。因为孟影早已成为公子哥儿们的追求目标，据说有不少是省府官员的少爷。若想得到孟影，赵振沨认为只有劝说孟影走上革命道路才保险。为此，赵振沨很着急，恨不得一夜之间让孟影参加革命，离家出走奔向根据地，然后自己再申请上前方……但是，地下工作者有着铁的纪律，稍有疏忽就会血流成河，对革命造成不可弥补的损失。为此，赵振沨很矛盾，想尽快劝说孟影，又怕因儿女情长个人私心犯了纪律。如果慢慢来，又怕随着年龄增长孟繁树将女儿许配给名门望族。而令赵振沨担心的是，自己急得火烧火燎，可孟影却像是一心只热衷摄影而不热衷革命似的，整天像一个天真烂漫、无忧无虑的小鸽子，惹得赵振沨提心又吊胆。

大概就在这时候，来了一次机会。

那时候学校毕业生均要照一张毕业照，所以每到暑假期间，“艳芳照相馆”总要被周围几个县的学校请去为师生留影。当时杞县有个“大同中学”，是爱国华侨王毅斋创办的，后来名气很大的穆青、姚雪根均曾在这里读书任教。大同中学为革命培养了不少人才，这些人都通过地下交通站送到了革命根据地。赵振沨每年来杞县大同中学除去照相以外，主要任务就是与学校党组织接头，取走进步学生名单，然后再有组织地分批送走。这种事情每年只有一次，赵振沨就认为机不可失，时不再来，便向组织汇报说他也发展了一位进步女青年，一心向往革命，建议让她随着这批学生去往革命根据地。赵振沨向组织说谎毫无恶意，只想先稳一头，得到组织同意后再说服孟影。因为平常赵振沨工作严谨，对党忠诚，党组织也就丝毫没有怀疑赵振沨这次的失真汇报，答应了他的请求。得到组织的支持，赵振沨心中有了底，也有了胆量，当天晚上等孟影一到照相馆，赵振沨就开始耐心地劝说，而且摊牌说，如果孟影不离家出走，他们的婚事将成为泡影。孟影听到这话，才认真起来，瞪大了眼睛问："离家出走？去哪儿？"赵振沨回答说是去一个美丽的地方，那里没有剥削没有压迫，而且充满了民主。孟影沉思片刻又问："就我一个人去吗？"赵振沨说不是一个，而是一批人。孟影又问："你去吗？"赵振沨诚实地说要孟影先走，过后他将申请去前方。孟影又一次瞪大了眼睛问："申请？向谁申请？"赵振沨看时机到了，便向孟影说了实情，然后拿出那张名单说："这些人皆是当今青年中的积极分子，你将加入他们的行列，奔向革命的摇篮……"不想这时候，孟影突然喊肚子疼。赵振沨一见孟影面色蜡黄，急忙去对面药店为孟影买药……

第二天，孟影便悄悄随着那批进步青年去了革命根据地。

可是，也就在当天夜里，赵振沨突然遭到逮捕。敌人严刑拷打，赵振沨一直守口如瓶，未透露半点党的机密。最后，他被枪毙了。

赵振沨临刑的前几天，分析自己被捕的原因，便对孟影产生了怀疑。疑点就是那天晚上孟影一见名单为什么突然喊肚子疼。可是，如果她是特务，为什么还要去根据地，难道还有更大的阴谋吗？出于一个共产主义战士对党的忠心，他觉得这些都应该向组织汇报，便用草纸写了，通过监狱地下党转给了豫东地下特委。豫东地下特委对赵振沨同志反映的情况极其重视，当下派人去根据地反映这一重要情报。根据地领导自然也十分重视这一重要情报，立即召开紧急会议，要求严格保密，先不要打草惊蛇，稳住孟影之后再严密监视，注意她的一切行动。

从此以后，孟影便进入了她十分艰难的革命生涯，直到1942年在一次对日寇的战争中牺牲。由于保密工作做得好，孟影至死不知道上级对她的怀疑和监视。孟影牺牲后，至于她是否是特务便成了悬案。直到开封“解放”后，孟繁树才交代当年逮捕赵振沨全是他的阴谋。因为他不想让女儿嫁给一个照相的，便诬陷赵振沨是共产党——看来，这全是一场意料不到的误会。他做梦未想到，赵振沨真是地下党，更没想到他的如此之举竟害了他女儿一生。因为孟影一到根据地，就有几位高级将领喜欢上了她，最后皆因“政治问题”而搁浅。如果一切顺利，孟影的命运肯定是另一种辉煌。

蒋继先

蒋继先，字承祖，1917 年生于陈州东回龙集。八岁入本村小学读书。那时候家乡遭受匪患，他家开设的缝纫铺被毁，四叔被土匪杀害，家中又无田可耕，于是生活越来越困苦。1932 年，蒋继先小学毕业，便无钱再继续读书，在家学缝纫。他从小憎恨土匪，对地方政府只知剥削压迫劳苦大众，不顾人民死活很不满。“七七事变”后，他怀着报国之志，瞒着家里人，两次入伍当兵，但都是进了常备队。这种地方部队不打日本人，只压迫自己同胞。最后他脱离常备队，于 1937 年借了一张初中文凭，考进国民党正规军干部训练大队。在开封训练半年后，部队开赴抗日前线。蒋继先因聪明好学，刻苦钻研军事技术，受到上司赏识而留校，后又保送到中央军官分校深造。1939 年 4 月毕业后，分到四十军当排长，参加了不少抗日战斗，1942 年升为代连长，后又到直属队管辖的军事大队任上尉区队长。

1945 年抗战胜利后开赴东北，在锦州改编为第六兵团，他在兵团参谋处当参谋。1948 年 10 月，参加了锦州起义。参加解放军后，在三十八军后勤部任供给员，随部队参加了解放锦西、山海关、唐山的战斗。因他勤奋好学，积极进步，被送到东北军区政治干部学校学习。

1949 年 2 月，蒋继先调五十军教导团任分队长，同年 4 月，奉命南下河南商丘在五十军一四九师政治部任管理员。当时的陈州已归属商丘专署，为帮助土改，从部队抽出大批干部下乡，蒋继先回到老家任区长。

那时候，回龙集有一批反动透顶的家伙成立了一个反共暗杀团，专杀打霸斗争中的土改队员和村干部，已有几个村长被杀害。反共暗杀团里多是些有钱的公子哥，他们模仿当年共产党的游击战术，有分有合，神出鬼没，而且武器装备优良，县上几次派武装来歼灭这个反动组织，只可惜，回回扑空，很让县领导伤脑筋。由于敌人太猖狂，群众情绪也十分低落，尤其是难找村干部，许多村子里连村长都没人当。

就在这个时候，蒋继先上任了。

蒋继先刚上任三天，反共暗杀团就给了他一个下马威——距回龙集很近的李楼村村长李二旦被他们钉在了木板上，活活钉死了。

蒋继先带人赶到时，敌人已经逃跑，李二旦家一片血光。李二旦成“大”字形被钉在一块门板上，十八颗大钉分别钉在了胳膊上、大腿上、手掌上、脖子里……其状惨不忍睹。蒋继先愤怒至极，狠狠地朝天打了一排子弹，发誓要消灭暗杀团，为死去的烈士们报仇。

为抓到坏蛋，蒋继先偷偷改变了作息时间，每天下午睡觉，天黑开始工作，一直到第二天中午。为与敌人周旋，他特意挑选了二十几人的民兵队。队员多是苦大仇深的青年人，每人长枪短枪兼备，由他直接指挥。而且行动秘密，像过去的武工队一般，白天住在堡垒户家睡觉，夜里出来行动。

当然，更重要的是情报。过去吃亏，一是情报不灵，二是时间延误，等到接到情报，敌人已经跑了。再加上敌人太狡猾，多是在夜深人静时杀人——突然包围了被害人的家，翻墙过去，用毛巾堵住了被害人的嘴。而且一杀全家，不留活口。鉴于敌人在暗处，他们在明处老吃亏的问题，蒋继先带领区里一班人，四处发动群众，组织夜间巡逻，有消息火速报告。他还把民兵一分四队，分片包村，组成了一个网。只可惜，尽管蒋继先费尽心机，怎奈敌人太狡猾，一直不上当。

万般无奈，蒋继先只好采用“钓”的手段。

若想“钓”敌人上钩，必须要有诱饵。蒋继先通过再三思考和挑选，最后选中了一个叫丁七的人。

丁七是丁楼人，单身汉，平常好吃懒做，属流氓无产者。蒋继先首先劝其为革命做贡献，可丁七不吃这一套，说什么革命不革命对他吸引力不大，只求一天三顿酒席，吃饱全家不饥。蒋继先看劝不转他，便摊牌说要雇他当一回“积极分子”，并向他说了最终目的。丁七想了想竟答应了，敲定价钱之后，丁七又说：“丑话先说不为丑，当‘积极分子’期间，得给我充分自由。因为这是背脑袋混事儿，该享受不享受谁会拿命开玩笑。”最后又说，要想把敌人引上钩，必须得对地主狠，把事情做过。你们是革命，怕犯纪律，我不怕。我爹娘都是被地主害死的，我要借机报仇！第二天，丁七就闯到地主家先强奸了地主的一个小老婆，接着又强奸了地主的女儿，并到处扬言，反共暗杀团不敢动他丁七一根毫毛！为扩大“恶”的影响，丁七借机到外村地主家胡作非为，绑地主游大街，将地主吊上“望蒋杆”，他在下面喊：“望到老蒋没有？望到老蒋没有？”然后猛地一松绳子，将地主从杆上摔下来……一时搞得地主们人心惶惶，都盼着反共暗杀团前来为他们复仇。

在急性土改过后的日子里，上级是禁止使用“望蒋杆”的。但为了能抓到凶恶的敌人，对丁七所为蒋继先只能睁一只眼闭一只眼。每到夜里，蒋继先带人埋伏在丁七的破院子周围。可等了几天，敌人丝毫无动静。到了半月后的一天深夜，蒋继先突然听得回龙集方向响起了枪声，不一时就有人来报告，说是敌人袭击区政府，情况十分紧急。蒋继先一听敌人在回龙集，便急忙带人朝回龙集跑去，跑一半路，蒋继先突然觉得不对劲儿，深怕中了敌人的声东击西之计，便命令队伍停止前进，然后将人员一分两队，自己带领两个民兵拐马而回了丁楼丁七家。

当蒋继先带着两个民兵急忙忙回到丁七家的时候，丁七还在酣睡。看丁七没事儿，蒋继先松了一口气，他刚想坐下歇一会儿，突然听得房梁上有人高喝："都不准动，快把枪放下！"

蒋继先抬头一看，只见房梁上坐着几个黑衣蒙面人，知道上了敌人的当。两个没有战斗经验的民兵吓得不知所措，蒋继先经历多见识广，先把枪放在了地上，然后对房梁上的人说："临死之前，能否让我看一眼你们的真面目？"房上的一个黑衣人冷笑一声说："蒋区长，你可能做梦也想不到我们是谁吧？有心想让你见识一下，怎奈我们这个组织有铁规，是不准让任何人看到真面目的。"

蒋继先疑惑地望了那黑衣人一眼，说："听你声音好熟？"

"对！"那黑衣人笑道，"可以说，大家都是熟人。我们白天是人，夜里是鬼，所以从不敢留活口。"那人说着，挥了一下手中枪又说道："你是区长，又费这么大劲儿抓我们，所以才给你多说了几句。只是你又中了我们的调虎离山计，让你白忙了这些天！"

蒋继先一看情况紧急，知道凶多吉少，便猛地从背后拽出一颗手榴弹——这突然的变故，使得房上几个黑衣人惊慌又失措，急忙开枪射击，妄图阻止蒋继先拉弦儿，但已经晚了，蒋继先虽然身中数弹但还是顽强地用牙啃响了那颗手榴弹……

这一次，敌我双方的损失都很惨重。天明后区政府派人来收拾残局，先扒出蒋继先和那两个民兵后，又扒出四个黑衣人，打开他们的面罩，没想除去几个地主分子以外，其中一个竟是丁七！

众人无不瞠目结舌。

身为穷苦出身的丁七，为何也参加了反共暗杀团？他既然参加了反共暗杀团，为何又答应了蒋继先的条件？他对地主老财狠，为何对村干部也那么狠？他难道是光为了钱吗？

这当然是个极其复杂又极其费脑筋的事儿。开初人们还议论纷纷一阵子，时间一长，又被其他稀奇古怪的事儿所替代，人们便把丁七淡忘了。

同时被淡忘的，还有蒋继先。

蒋继先虽然牺牲了，但他终于消灭了几个“反共暗杀团员”，为侦破这一重大案情提供了线索。后来的新区长怕费事儿，干脆把全区的地主少爷全抓了起来，又攻心又攻身，经不住三审两审，“反共暗杀团”差不多就被一网打尽了。事成之后，那位区长还嫌蒋继先太笨，说他在军队打仗可以，干地方工作不行。后来确定蒋继先为烈士的时候，那位区长已当了县长，看到民政局报上来的烈士名单，迟疑了好一会儿，才勉强在“蒋继先”名字上画了个圈儿。

冯建儒

冯建儒不是陈州人，据说是密县城关西瓦店一农家子弟。1917 年生，1935 年毕业于密县第一初级中学，同年考入洛阳师范，在学校参加中国共产党，后转入陈州师范。“卢沟桥事变”爆发，即参加新四军，后转入地方工作，曾在确山竹沟短期集训，结业后受上级指派到陈州新华小学教书，开展地下工作，任工委组织部长。

冯建儒第二次来陈州的时候是一个秋天，那时候城湖里的芦花格外白。日本鬼子的游艇在湖内游弋，陈州四门都是重兵把守，对来往行人盘查极严。冯建儒一身教书先生的打扮，身穿长衫，戴着金丝眼镜，背着简单的行囊，手执一把岳阳纸伞。这在 1938 年的中国是很典型的小城知识分子形象，当然也不容易引起日本人的怀疑。也就是说，冯建儒本该可以混进陈州城的，可做梦也没想到，就在这个时候碰上了他在陈州师范的同学柳一光。

柳一光在师范上学时就加入了三青团，毕业后进了陈州警察局。陈州沦陷后，警察局投降日本人，便成了伪警察局。

从衔上看，柳一光还是个小头目。

柳一光看到冯建儒时怔了一下，然后就认出了是分别几年的老同学。柳一光望着冯建儒，很惊讶地叫了一声，哟咳！建儒君，你怎么来了？

冯建儒只好随机应变地说在家乡失了业，想来陈州谋个职业度时光。柳一光一听老同学来陈州是找工作的，就热情地把冯建儒领到了警察局。

警察局在县政府的南边。陈州沦陷后，陈州县政府迁至项城，原来的公安局就变成了伪警察局。柳一光大小算个头目，分了一间住室，里边有床有桌，很干净。柳一光进屋脱了外套，对冯建儒说如若老同学不怕背骂名，我可以给你当个引荐人，在局子里谋个差！冯建儒一听，觉得是个打进敌人内部的好机会，只是还没请示上级，不好自己做主，便笑道我来陈州本不想谋政事，只求教个书什么的。你知道我这人不热心仕途。但为了养家糊口，有时也只好得过且过！这样吧，一光兄的心意我先领了，容我想几日，再定夺不迟！柳一光见冯建儒心有所动，很是高兴，忙又劝道现在国家已亡半壁江山，当初抗日的满腔热血早已冷却！这是我们这代人的劫数，没有人能改变！跟日本人干事虽然名声不好，但也属汪主席所说的曲线救国吧！柳一光说着给冯建儒倒了一杯水，又说我干了这么一阵子，觉得跟过去没多少不同。地是我们的地，水是我们的水，只不过换了主子而已！这样吧，你这几天就在这儿考虑，我先给局长打个招呼，到时候日本人还要审查一下，当汉奸也不是一句话就能当的！

就这样，冯建儒无形中被柳一光软禁了。按原来的计划，冯建儒按照组织上的安排，先到新华小学报到，然后找一个代号老包的三轮车夫联系，再由那车夫领他去见地下党陈州支委书记。没想因一个热心的柳一光，把计划全打乱了！目前最重要的还不是工作，是要找到一个代号老包的三轮车夫，如果能通过车夫找到组织，征得同意后，在伪警察局工作倒更适合隐蔽。各种迹象表明，柳一光并不知道自己的底细，所做的一切，全是为着同学间的友谊。就是按最坏处着想，大概是为着拉个人做垫背，并没什么别的意思。

冯建儒分析得很有道理，柳一光确实是想拉他做垫背。因为自他当了汉奸之后，陈州的同学皆对他不屑一顾。现在冯建儒来了，他就希望着冯建儒也同他一样披上黑制服，出入于陈州城内，给他当个有力的注脚。所以，他深怕冯建儒中途变卦，更怕冯建儒一人外出会见老同学，就前前后后陪着冯建儒，一刻也不离。

冯建儒脱不开身，算是没一点和组织联系的机会，万般无奈，只得先答应柳一光，然后再找组织解释。

柳一光一听老同学答应了，高兴万分，当下就通融局长，让冯建儒留在了伪警察局当了文书。

几天以后，冯建儒找到了代号老包的车夫，由他引路见到支委书记，组织上很赞成冯建儒的当机立断，并批准了他打入敌人内部的请求。

在伪警察局里，冯建儒利用职务之便，为陈州抗日支队提供了许多秘密情报。

当然，陈州人也恨透了柳一光和冯建儒，尤其是他们的同学，面碰面都不搭腔，有的还照地啐一口，骂一声狗汉奸！柳一光听惯了，无所谓，而冯建儒却感到十分委屈，但为着党的工作，只好忍辱负重出入于敌人心脏。

几年以后，柳一光晋升为局长。柳一光掌权之后当然不忘提携老同学，不久，冯建儒就当上了副局长。

那时候，陈州的抗日力量不但有共产党领导的抗日支队和民间组织，也有土匪队伍。城东外号方瞎子的土匪就是一支又打日本人又打国民党也打共产党的特殊武装。方瞎子为得民心，还专门组织了一个除奸队，专打汉奸。柳一光和冯建儒刚当上局长没几天，就被列上了黑名单。

地下党组织得知这一情报后，便决定调回冯建儒，并向他说明了潜在的危险。不过冯建儒一听原因，便对组织说打进敌人内部不易，如果为个人安危而舍弃如此有利的条件实在可惜！最后他恳求组织答应他的请求，并说战争时期，一个好的情报的价值是不可估量的！组织上当然清楚情报的重要性，万般无奈，只好让他小心提防，继续为抗日部队提供可靠情报。

只可惜，冯建儒在明处，而除奸队在暗处，又加上他只顾注意日寇动向，忽略了身后的威胁。就在日寇即将投降的那年春天，柳一光和冯建儒双双倒在了除奸队的枪下。当时，还很使陈州人振奋了一阵子。

就这样，冯建儒一直蒙辱到全国“解放”，政府才追认他为烈士，并把他的骨灰迁至烈士陵园，还立了一块很大的碑。

陈州人就觉得对不住冯建儒，尤其他的陈州同学，每逢清明节，必串联成队，前去陵园为其扫墓。

常子愚

民国十九年三月间的一个上午，有一队土匪六百余人，拉了许多肉票，缓慢地走在官道上。他们把男的用绳子绑起来，让女的骑着牲口，连人带牲口一家伙排有二里多长，由北向南朝项城一带窜扰。这时候常子愚骑着一头大黑驴，挎着一支步枪，混入土匪的队伍。土匪问："你是谁的人?"常回答："老方的人!"老方就是方瞎子，为陈州名匪。常子愚见土匪不疑，就抢先走到土匪队伍的前头上了颍河寨。守寨的群众都是拿着笨家伙，连一支快枪也没有。常子愚急忙召开寨中头目碰头会，决定玩一招儿"空城计"。当土匪队伍走到寨下的时候，他就用自己背来的那支快枪，跑到北寨墙上打几枪，再跑到南寨墙上打几枪，最后又跑到西寨墙上照土匪队伍打了一排子弹。土匪们大惊，摸不清寨里有多少支快枪，就决定绕寨而走，喊道："朋友们不要打枪，我们只从这里一过，决不骚扰大家!”这时常子愚便昂首站在寨墙上，大声疾呼：“是朋友把花票一律丢下，否则我们坚决要打，不让你们走掉!”接着就扭脸下命令：“把大炮抬出来!”守寨的壮士齐声吼叫，就把用席子卷好红布裹着的假大炮抬了上来，并扎了个准备打的样子。这时候匪首不得不下命令将花票一律丢下，绕道过颍河朝南流窜……

可土匪们做梦也未想到，那个化装成土匪的常子愚其实只是一个文弱书生。

常子愚是陈州南颍河人，其父常兴天是颍河两岸颇有名气的鼓书艺人，所以常子愚少小就受到侠客思想的影响。家境虽不是太好，但常兴天还是供子读私塾上洋学。1926 年，华侨王毅斋先生在杞县创办大同中学，常子愚以优异成绩考入“大同”，成为一时佳话。

杞县大同中学是河南颇为有名的革命摇篮，后来在全国有名的穆青、姚雪垠都曾在此读书或教书。陈州第一任县委书记张文彬也毕业于这所中学。由于常子愚和张文彬是同班同学，在学校时张文彬就介绍常子愚加入了中国共产党，后来他随张文彬一同回到陈州，开展党的地下工作，当时他的公开身份是陈州北关小学教员。

为工作需要，常子愚经常化装成侠客模样，或传递情报，或出入虎穴，由一个文弱书生慢慢练就了一身胆气。

抗日战争时期，陈州成立了抗日支队，常子愚担任了支队侦察员的职务。由于耳濡目染的家庭熏陶，常子愚也会唱大鼓书。为此，他经常扮成鼓书艺人混进城内与城内地下党接头，带回重要情报。

与常子愚单线联系的就是那个在敌伪警察局里干文职的冯建儒。他们递送情报的办法有多种，最常见的一种是常子愚先在茶馆里说书，唱一段儿，收钱，冯建儒就把情报夹在钱内，放在钱笸箩里。这办法看起来很草率很简单，其实是越是贵重的东西越不过分包装，人们才不易发现。由于两个人配合默契，每次任务都完成得十分顺利。

不想这时候，却发生了一件让人意想不到的事儿！

当初介绍冯建儒进伪警察局的人叫柳一光，和冯建儒是同学。几天前柳一光升为警察局局长，接着就委任冯建儒当了副局长。这本来更有利于刺探情报，不料二人却上了“除奸队”的黑名单！

“除奸队”是陈州名匪方瞎子手下的一个特殊组织。方瞎子打老日，也打汉奸。陈州前两任伪警察局局长皆死于他们的枪下。对于抗日，这当然是好事，可由于把冯建儒也列入了铲除对象，对陈州地下党来说这无疑是件十分棘手的事情。最后组织研究决定，立即撤回冯建儒。不想派人给冯建儒一说，冯建儒为着党的事业把自己的生死置之度外了！为此，组织上只好改变计划，仍让冯建儒为支队提供情报，又派常子愚到“除奸队”里搞协调。并有三点要求：一、不准暴露冯建儒的身份；二、尽量争取他们缓处汉奸柳一光；三、最好加入“除奸队”，掌握主动权，一有情况立即通知冯建儒采取防范措施。

方瞎子是匪中怪人，几乎他跟所有武装都过不去，当然也包括共产党的抗日支队。几年前，陈州支队就曾派人去做过方瞎子的工作，希望他能与共产党联合抗日。不想方瞎子不但一口回绝，而且很是看不起共产党的破烂队伍，扬言等打走了日本鬼子，一定要先收拾八路军，再收拾国民党。鉴于这种情况，常子愚觉得不便暴露自己的身份，想了想，觉得最好的办法还是混进“除奸队”，才能更好地掌握主动权。

上级很快批准了他的行动方案。于是，常子愚就化装一番。骑快马跑到方瞎子处去入伙。

见到方瞎子后，常子愚声称自己过去是单干户，现在见方司令抗日坚决，也就想到司令麾下争当个马前卒。方瞎子上下打量了常子愚，突然问道：“你在共党那方不好好干，为何又跑到我这里来了？”常子愚笑道：“司令千万别用共产党三个字脏我耳朵！共产党里有这快马快枪吗？”言毕，扬手一枪，树上一鸟应声落下。方瞎子又连连提出几个问题，常子愚皆对答如流，毫无破绽。方瞎子见常子愚一表人才，枪法如神，很是高兴，当下就让常子愚入了“除奸队”。

可常子愚做梦也没想到，就在他刚入伙的那天夜里，“除奸队”要除掉汉奸柳一光和冯建儒！

常子愚是天黑以后才得到确切消息的。而且队伍马上就要出发，毫无机会把情报传递出去。万般无奈，只得决定到时候再见机行事。

“除奸队”得到的情报也极其准确，说是当天夜里，柳一光和冯建儒将一同去商务会长家赴宴。“除奸队”进城到商务会长家门前一看，门前果然停放着警察局的汽车，而且还有几个流动哨。“除奸队”的队长姓胡，先安排了注意事项，然后就命弟兄们各站要害地位。来的全是神枪手，各拿双把盒子，二十响。他们都是暗杀老手，极有经验，来时已安排好两条返回路线，城外有人接应，并分水路和旱路。布置位置的时候，胡队长更显示出暗杀之本领，极有层次，谁负责打头枪，谁负责打中路和后路——就是说，十几把盒子组成了一张网，暗杀对象只要一进入“网”，甭想活命！

商务会长家的大门前，到处是虎视眈眈的眼睛和黑洞洞的枪口。

大街上，不时响起日本巡逻队的脚步声和狼狗的狂吠声。

一片恐怖！

此时的常子愚焦急万分，他的任务是打中路——也就是说负责打头枪的若万一失手后，再由他解决问题。一般情况下，负责打头枪的极少失手，一是多属高手，二是对手不防。也就是说决不能等冯建儒出现再想办法，因为那时为时已晚。想来想去，常子愚觉得最好的办法只有破坏这次暗杀——别无选择！而破坏这次暗杀活动的最好办法就是提前开枪，引起柳一光、冯建儒和日本巡逻队的警觉——当然，也彻底暴露了自己。

为了自己的同志，常子愚很果断地打了几枪。一时间，陈州城大乱，到处是枪声、奔跑声、警笛声，探照灯扫来扫去，令人恐怖。

“除奸队”一看事情败露，急忙按计划撤了出去。常子愚知道自己已不能回匪巢，所以也就没打算出城。他原以为可以凭借地形熟悉坚持到天明，不想日本人的狼狗很厉害，尽管他躲来躲去，还是没能逃脱几条日本狼狗那灵敏的嗅觉，终于被巡逻队抓住了。

日本人极恨方瞎子的人，当下就用最残酷的刑罚杀害了常子愚。当支队得知消息的时候，一切都晚了。

常子愚是活活被日本狼狗撕吃的，牺牲时年仅二十九岁！陈州人一直以为他是方瞎子的坐探，后来追认他为烈士的时候，人们还怔然了许久。

方化舟

1930 年，方化舟十六岁，在家乡陈州读完小学功课，随舅舅到北京考入了育英中学。由于他刻苦勤学，尊师爱友，谦虚好问，深受老师和同学的喜爱，不久，就被推选为学生自治会主席。“九一八事变”后，日本帝国主义侵占了东北三省，大批爱国学生流亡关内，北平各地到处唱着救国救亡的歌曲——《松花江上》。方化舟是个热血青年，不愿当亡国奴，他和同学们一道上街宣传抗日救国。1933 年，又加入了中国共产党领导的民族解放先锋组织。在党的教育下，他懂得了许多革命道理，誓将一腔热血，献给抗日救国运动。

1936 年，方化舟准备报考天津南开大学时，时局突然发生急剧变化，日本侵略军占领东北后，又把魔爪伸向华北。北京大学、清华大学与天津南开大学被迫迁至昆明，时称“西南联大”。12 月 12 日，“西安事变”发生，蒋介石在全国人民的压力下被迫宣布抗日，国共两党再次合作，形成了抗日民族统一战线的好形势。鉴于时局的变化，方化舟决定弃学从戎，走上抗日道路。

1938年，方化舟回到陈州，参加了陈州抗日支队。那时候陈州已经沦陷，陈州抗日支队在共产党的领导下，坚持抗战，一直活跃在陈州周围。陈州古城四面是城湖。城湖很大，万余亩。每到夏秋两季，城湖里长满芦苇和蒲草，很便于隐藏。相比之下，东城湖最大，一望无际。东城湖边的几个村庄，也多是堡垒村。日本人每回扫荡，也老在这一带烧杀抢掠。为彻底消灭共产党的抗日武装，日寇每年都要搞两次大扫荡。一是夏季大扫荡，二是冬季大扫荡。夏季大扫荡多在“五一”前后，那时候抗日支队就可以在城湖芦苇荡里跟敌人周旋。冬天就显得残酷，因为那时候城湖内已没有了芦苇和蒲草，战士们只好在冰天雪地里过夜。有时为避开敌人，一夜间竟要换几个地方。生活更是困难，有时一天还吃不上一顿饭。日本人也十分清楚老百姓与共产党的关系，所以就搞了“坚壁清野”——就是把人强行集中在一起，田野里什么也不留，连树都被砍光了，站在炮楼上能一望十几里路，毫无遮掩。这当然是抗战的最艰苦时期。因为共产党是鱼，老百姓是水，鱼离开了水是不能生存的。为粉碎日寇的阴谋，支队遵照上级指示，实行了化整为零的战术——也就是几个人或几十个人分为一队，除去便于隐藏之外，更便于扰乱敌人，实行毛主席制定的“敌疲我打，敌驻我扰”的游击战术，四处出击，开始了反扫荡。

为了牵制敌人，支队决定分三路出击。一路化装进城，似一把尖刀插进敌人心脏，骚扰敌人，让其后院起火，头尾难顾。二路是就地周旋，打一枪换一个地方。三路是派人说服方瞎子让他协助反扫荡。

这个任务交给了方化舟。

因为方化舟曾经是方瞎子的干儿子。

方瞎子并不瞎，是方圆有名的大土匪。此人很怪，恨官府也不与共产党合作，抗日却又非常积极。方化舟四岁那年，曾被方瞎子绑过票。由于当时方化舟的父亲害了重病，方瞎子发了八封信，方家也不来赎孩子。方瞎子当时刚拉起队伍不久，舍不得这笔钱茬儿，就等。反正孩子还小，就让一个老土匪缝个大兜子，行军打仗把孩子装在里边背着。闲来没事，方瞎子老爱逗孩子玩。一个月一个月地过去了，方瞎子竟和小方化舟有了父子般的感情，于是就收下做了干儿子。等方化舟的父亲病好后来赎儿子时，方瞎子已有些舍不得了。但为怕犯了黑道规矩，忌贼空，方瞎子少收了一半赎金，说是另一半权当给干儿子买礼物了！并安排方化舟的父亲要好生供养孩子上学，有什么困难言一声，当干爹的没多有少，一定拿出个学费什么的！后来，方瞎子果真言而有信。方化舟读完小学那年，其父病逝，家道中落，母亲决定让他随舅父去北平读书，方瞎子得知后，专门派人送来了一百块大洋。

任务特殊又艰巨，方化舟化装一番，当下就通过鬼子的封锁线，到颍河岸边寻找方瞎子。狡兔三窟，颍河北岸也是方瞎子的老窟。日本扫荡一开始，狡猾的方瞎子就看出日本人是对着共产党来的，便急忙撤出了扫荡圈儿。当时沦陷区和国统区是以颍河为界的，所以颍河岸边就相对安全了一些。方化舟找到方瞎子的时候，方瞎子正在和土匪们听小戏。唱戏的是个中年人，拉弦的是个盲人。土匪们最爱听的是梁山好汉，所以唱的是《燕青卖线》。

方瞎子见干儿子来看自己，很高兴，特摆了一桌酒席，为干儿子接风，并说干儿子在大城市里读洋学，回来后不忘走黑道的干爹，就凭这，当初就算没看走眼！方化舟见干爹没看透自己，就决定不暴露自己的身份，谎称自己现在西南联大读书，刚从昆明回来，在漯河一下火车就听说干爹在家乡抗日，特来见识见识！方瞎子一听，高兴万分，说是小日本侵占了我的地盘，我岂能容他们！若不是这阵子形势如此吃紧，一定让弟兄们掂回几个日本鬼子的头让你开开眼界！方化舟借机问道："这阵子形势如何吃紧?"方瞎子说："日本人又开始了大扫荡，不过干儿子不必惊慌，他们这次是专对着共产党的！"

方化舟听后皱起了眉头，思考片刻说道：“日寇是中华民族共同的敌人，他们对任何抗日力量都不会放过！这一点儿，怕是干爹比孩儿更清楚！”方瞎子狡猾地笑了笑，说：“现在明为国共合作，实际是合而不作！老蒋想借日本人之手消灭共产党，而共产党又借抗日之机发展了自己的武装！而我呢？谁的人也不是，谁侵占了我的地盘我就跟谁干！”方化舟望了方瞎子一眼，说：“干爹谁的人也不是，可以不帮助任何人，但总该不错过任何一个可以利用的机会！自古得民心者得天下，干爹若想在陈州称霸，虽然能看国共两党的笑话，但千万不可失去在陈州人面前抬高自己声誉的机会！”

方瞎子瞪大了眼睛。

方化舟见方瞎子听得认真，又说：“如干爹刚才所说，现在是处于抗战最残酷的时候，只有打日本才能长国人志气，抬高自己的声誉！更是得人心最好的一着棋！”

方瞎子点点头说：“孩儿言之有理，因为日本人大扫荡，扫得人心惶惶，如有人在这个时候打个胜仗，那可真是得人心！”

方化舟双目紧盯方瞎子，说：“我看干爹就行！”

方瞎子叹了口气，说：“实言相告，你干爹我就这么点儿家底儿，不敢和日本人硬碰，更不敢在这种时候引火烧身！”

方化舟说：“孩儿并不是让干爹去硬碰，应该趁机打日本人的空当，打完即走！”方瞎子瞪圆了眼睛，问：“你是说，让我偷袭陈州城？”

方化舟说：“干爹手下的弟兄最擅长暗杀，何不借此机会派人混进城内，拎回几个日本人头来，以长陈州人的威风，抬高干爹的声威？”

方瞎子听后仰天大笑，说：“这些年不见，干儿子长出息了！不过，刚才干爹是跟你装马虎，你的事儿我全知道！干爹也算给足了你面子，你也别再演戏了！什么在昆明上学！”

方化舟不动声色，很平静地望了一眼方瞎子，说：“无论孩儿是共产党或是八路军，但总是为着抗日！孩儿能由一个学生娃儿成为一个抗日战士，这里面有干爹不少功劳！”

方瞎子一听很高兴，说：“话说到这一步，算你没忘干爹的情分！我跟共产党势不两立，若换别人来，别想活着回去！既然你来代表共产党让我帮忙，我就给你个面子！但这个忙不能白帮！我是凭绑票吃饭的，你先开个价，杀一个日本鬼子给多少光洋？”

方化舟一听方瞎子搞起价钱来了，顿时没了主意。因为来时与支队领导分析和猜测了多种结局，唯没有“以头论价”这一条。方化舟眉头紧锁，心想只要方瞎子肯出兵解围，就是对抗日做了贡献。至于金钱之说，对方瞎子这种人来说也不算过分，因为毕竟他们也是以生命做代价的！想到此，方化舟说："干爹如此爽快，抗日支队决不会亏你！价钱随你要！"方瞎子想了想说："为了抗日，我方某也不能太贪，让后人耻笑！这样吧，一个日本人的脑袋一百块大洋，到时候一手交货一手交钱两清账！只是这种活儿非同一般绑票砸大户，你们共产党又太穷，总得先给些押金！"方化舟说："钱决不会少你的，请你放心，共产党历来说话算数！"

"空口无凭，如何让我相信？"

方化舟想了想说："如果干爹不相信，可拿我当人质！"

方瞎子说："那好吧，你先当我的师爷，等我带人杀了鬼子再说！"

几天以后，方瞎子通过卧底摸清了城内日军部署情况，派人混进城内，不但炸了敌人的两辆汽车，还拎回来了十几个日本鬼子的人头。

方瞎子先让方化舟过了数，写了字据，然后把十几个鬼子头颅排放在一辆马车上，让人赶着四处游村，大大增强了陈州军民的抗日信心。再加上抗日支队分路杀敌，终于粉碎了日寇冬季大扫荡的阴谋。

当然，陈州支队也因此欠下了方瞎子一千多块大洋。由于那时候抗日支队经济极端困难，一时没偿还能力，方化舟就一直在土匪队伍里当人质。支队领导还特别指示，为取得方瞎子的信任，要方化舟不准逃跑，要好好当师爷，努力说服方瞎子多为抗日做贡献。

就这样，方化舟在方瞎子处当了近一年的师爷，直到来年秋天，才有城北一开明绅士捐出一千块大洋赎回方化舟。不想钱交上以后，方瞎子坚决不放，说是方化舟从小就是票，又是自己的干儿子，队伍里没有文化人，自己很需要一个贴心人当师爷，一千块大洋不要了，换个方化舟就行。抗日支队当然不同意，方化舟更是不干。万般无奈，方瞎子又挽留方化舟几日，最后设宴一桌，为干儿子送行。

当天下午，方化舟告别干爹，顺着东城湖去寻找抗日支队。不想走不多远，突然从湖中芦苇丛中传来枪声，方化舟应声倒地，再也没站起来……

方瞎子得知后，惊诧万分，急忙派人收回方化舟的尸首，施行厚葬，鸣枪致哀。

抗日支队得知后，更是惊讶，派人去到方瞎子处讨公道，方瞎子一口咬定不是他方某所为。万般无奈，抗日支队只好通过内线调查是否是日本人干的，回答是“查无此事”。

从此，方化舟之死便成了陈州之谜。

沈上海

沈上海，1915年生，幼名金堂，学名方存，化名王复斋，陈州西袁路口人。沈上海出身武术世家，其父沈北阳武功超群，武德高尚，誉满桑梓。沈上海自幼习武，足智多谋，英勇无畏，而且练就了一手好枪法。在一次剿匪战斗中，他一枪击毙三个匪徒，使土匪失魂落魄，仓皇逃窜。在一次国民党官员摆设的“鸿门宴”上，他连发三枪，把三个茶杯打得粉碎。这时又见空中喜鹊飞来，随手一枪，飞鸟应声落地。众人观之，无不惊叹，连国民党专员也连说“人才难得”。

沈上海十九岁那年加入中国共产党，一直跟随陈州县委书记黎玉川当警卫员。黎玉川在一次战斗中牺牲后，沈上海被豫东特委赵书记点名要走了。

豫东特委书记叫赵庆训，是个高度近视，两只眼镜片似磁片似的。赵庆训点名要沈上海，自然是让他给自己当警卫员。

因为赵书记除了是高度近视外，还不会打枪，不能走夜路。每到夜里行军，必须骑骡子——因为他什么也看不着，简直如瞎子一般。沈上海的任务除了保卫赵书记外，还要喂他的坐骑——一头骡子。这头骡子是一个开明绅士专送给赵庆训的，个头不高，但极有力，浑身蛮肥，能跑路，农家有着“铁打的骡子纸糊的马”之说，意思是说骡子好喂，只要有草有料，每天夜里起来喂两次就行了。

赵庆训原来是陈州中学的国文教员，培养了一大批党的干部，可以说，陈州周围几个县的地下党负责人多是他的学生，所以他极有威信。但由于眼睛不好，给他带来了诸多不便。当然，这些不便多是生活中的不便。若是平常年代，他只坐在办公室内发号施令就可以了。可眼下参加了革命，为夺取政权他不但要指挥战斗而且要到处奔波躲开敌人，这当然要有一个得力的警卫员。

其实，这赵庆训原也是大家子弟。赵家为大户，陈州素有“南赵北白”之说。赵庆训早年就读于北平，家中曾有一个原配夫人，是父母为他定的亲事。赵夫人姓宋，叫宋氏，小脚缠得如蒜槌儿般大小。赵庆训与宋氏只生了一个女儿，赵便投身了革命，并与宋氏解除了婚姻，又在革命队伍中找了一个志同道合的伴侣。新伴侣姓黄，叫黄丽，现担任着特委妇救会主任。赵庆训现在已没有了家，整个家当除了几件衣服外就是两箱书。自古忠孝不可两全，赵庆训自参加革命后从未回过家。赵老爷子为保全家产，早已公开与大儿子断绝了父子关系。赵庆训虽然长期不回家，但他却十分想念自己的女儿，不时让人打听一些女儿的消息。

赵庆训与宋氏生的女儿叫赵玫，很漂亮，今年已十九岁，现在上海读书，因为路远，每年只暑假回来度假，平常极少回来。

事情就发生在这年暑假里。

宋氏有个弟弟在上海洋行供职，宋氏让女儿去上海读大学，主要是为了让弟弟照顾自己的女儿。赵玫自然也喜欢大上海，原计划暑假不回来，准备与表姐一同去杭州游西湖，不想赵老爷子十分想念孙女，连拍几封电报，才迫使赵玫改变了初衷，连夜赶回了陈州城。

赵玫回到陈州的第二天，赵庆训就得到了消息。赵庆训很想见女儿一面，便写了一封书信，让沈上海去陈州想法儿送给赵玫。沈上海接到任务后，化装成做茶叶生意的商人，把赵庆训的家书藏在衣襟内，雇一辆马车进了陈州城。

当时陈州城内有不少花局，最大的是海氏花局，花局主要种茉莉花，然后制成茉莉花茶广销苏、鲁、皖一带。沈上海进陈州首先要依靠地下党，当时有一个海氏花局的分店是我党建立的联络站，站长姓许，叫许方义。许方义也是赵庆训的学生，听说老师想见见女儿，很是支持。虽然此事为赵书记的家事，但革命者也是人，谁心中没有儿女情长的情结？中国人大都有与人为善的优点，所以办这种事儿比办公事还卖力。许方义当下派人打听赵玫近几日都有什么活动。因为赵庆训参加革命之后，尤其是公开其地下党身份之后，赵府一直是个“敏感区域”，没特殊情况陈州地下党是不去赵府的，所以许方义要安排沈上海与赵玫在外头见面，最好是热闹场合，这样才不会引起敌人的注意。其实见面也很简单，沈上海将信交给赵小姐，赵小姐看完信后若同意与父亲见面，约好时间和地点，再由沈上海把信息反馈给赵庆训就可以了。这样省去好多麻烦，在那个特殊年代省去麻烦就等于避开了许多危险。搞地下工作，又是在敌人的心脏里，这一点儿极其重要。

赵玫的母亲宋氏自从与赵庆训离异之后就信了耶稣，每到礼拜五和礼拜日皆要去教堂守礼拜。在母亲的影响下，赵玫虽不是教徒，但也常去教堂坐一坐，听上几曲赞美诗。赵玫去教堂的目的有两个，一是照顾母亲，二是她本人很喜欢教堂的氛围。尤其是礼拜五的灯下礼拜，教堂内全是蜡烛，音乐悲苦又苍凉，能使人灵魂净化，达到某种超脱人世间的境界。赵玫知道自从父亲抛弃母亲之后，母亲的内心埋下了很深的痛苦。她知道，自己是母亲能够生存下去的唯一希望。所以她每次回来，大部分时间都是陪同母亲，当然，也包括去教堂守礼拜。

赶巧，第二天便是礼拜五。

许方义和沈上海商量一番，决定趁赵玫陪母亲去教堂的机会，把赵庆训的信交给赵玫。

第二天一大早，沈上海化装成黄包车夫在赵府门前等候，终于让赵玫坐上了自己的黄包车。路上，沈上海把信递给赵玫，悄声说："这是你父亲给你的书信，他很想你。如果你同意，可以说好见面地点，由我转告他。"赵玫先是一惊，等看过了父亲的信后却一直未吭。直到快进教堂时，沈上海耐不住，问："小姐，请你给我个回话。"不想赵玫脸也不扭地说："我不愿见到他！"沈上海一听这话，呆若木鸡，急忙回去与许方义商量，许方义认为不能就此罢休，如此回去实话实说定会让赵庆训同志痛苦万分。咱们能否想办法做一做赵玫的工作，努力争取让他们父女见一面。二人商谈半宿，最后决定后天下午由沈上海化装成教徒直接去教堂内劝说赵玫。

到了礼拜日那天，沈上海化装一番，面色木然地朝教堂走去。

事情就出在这个节骨眼儿上。

赵庆训的父亲是个很有心计的人，儿子背叛了他，使老爷子精神上受到了很大的打击。像是要弥补什么，他对儿媳宋氏和孙女赵玫格外呵护，每每二人出门，他都暗中派人保护。暗镖中有一个叫吴八的人，早已被日本人收买。

日本人收买吴八的原因主要是监视赵府。因为赵府是共产党抗日头目赵庆训的家，家中不但有父母有前妻更有一个亲生女儿，多多少少总会要有事情发生的。前天沈上海递给赵玫信时就已引起了吴八的注意，暗中监视了两天，今日又见沈上海化装成教徒模样走出了海氏花局，便急忙跟踪而来。

陈州教堂在陈州城东关门里，很尖的楼顶上竖着十字架。铁门的图案全是欧式的，显得典雅又庄重。教堂前的草坪很宽阔，连雕塑都充满了异国情调。沈上海走进教堂的时候，已看到赵玫陪母亲跟随神甫穿过了草坪。神甫是葡萄牙人，满脸的胡须，皮肤如虾般红。长满白毛的手捧着一本蓝皮《圣经》，拖着宽大的神袍走得很急促。赵玫的母亲紧紧跟随着神甫，步子迈得有些零碎。赵玫的母亲宋氏身穿黑色的旗袍，连围巾也是黑色，一副俄罗斯修女的打扮。那一天赵玫也是一身玄黑。黑色的衣摆随风飘舞，远看像一只惹花粘草的黑蝴蝶。

为能靠近赵玫，沈上海急步追了上去。教堂内是一排排连椅，讲经坛的后面悬着耶稣圣像。高大的拱顶上洁白无比，落地窗上的窗帘紧紧地合着，使得阳光无从射入，圣殿内就显得柔和而暗淡。沈上海初进来时有些不适应光线，等适应后赵玫母女已淹没在一片女人的后背之中。好在他记得赵玫母女是一身玄黑，最后终于认准了，但令人遗憾的是，赵玫的身边已没有了空位。

沈上海坐在一个角落里，正在想办法靠近赵玫，不想门外突然开来了十多辆摩托，从车上跳下不少日本人，一下把教堂包围了。

教堂里先是一阵骚动，后来教民们见神甫一直在读《圣经》，才渐渐平息下来。一个军官模样的日本人走上讲坛，用手势止住了神甫，对教民们说："今天只是抓一个八路军，谁动就打死谁！"

沈上海一见自己暴露了，很是吃惊，他下意识地摸了摸腰中的枪，又深怕给教民们带来无辜伤亡，只好忍了，决定先混下去，到时候再见机行事。

那个日本军官在台上用目光扫来扫去，最后让人全部走出教堂，到院子里集合。

人们走出了教堂，来到了草坪上。

日本军官问神甫说："你有办法认出谁是八路军吗？"

神甫先在胸前画了一个十字，叫了一声"阿门"，对那日本军官说："我没有办法认出八路军，但我有办法认出我的教民！"

日本军官说："那你就认吧！"

神甫扬了扬右手，看了看草坪上的男男女女，突然喊道："主啊——求您保佑我们！"

神甫的话刚落音，就见教民们一下全跪了下去，偌大的场地上，只剩下沈上海和赵玫是站立的。

沈上海做梦也未想到神甫提前已向教民们打了暗号。他禁不住望了赵玫一眼，小声说：“你的爸爸很想你！”

那时刻赵玫也已认出了他，目光里满是惊诧。

日本人向沈上海和赵玫走了过来。

赵玫的母亲一见日本人要抓赵玫，猛地站了起来，声嘶力竭地叫道：“这是我的女儿，她不是八路军！”

为了保护赵玫，沈上海也大声地对那日本军官说：“她只是一个学生，是陪她母亲来守礼拜的。我是八路军！”说着，就径直走了出来，直直走到日本军官面前，说：“走吧！”

这时候，赵玫不顾一切地跑过来，流着泪水对沈上海说：“是我害了您！”

沈上海平静地笑了笑，亲切地对赵玫说：“只希望你今后再不要记恨你的父亲！”

赵玫含着热泪点了点头。

日本人带走了沈上海。

几天以后，沈上海被日寇杀害，时年二十八岁半……

秦中华

1937 年“七七卢沟桥事变”后，华北各地大部分沦入敌手。学校停课，陈州一些留外学生纷纷回到家乡。他们目睹祖国前途的危亡，皆想为抗日救国贡献自己的力量，便发起组织了“救亡宣传队”，向群众宣传抗日，到街头大唱《流亡三部曲》《大路歌》《黄河大合唱》和《大刀向鬼子们的头上砍去》等救亡歌曲，并且排演了十来个救亡小话剧，除在街头演出外，还到乡下演出。

到了 1938 年春天，徐州会战以后，国民党的军队纷纷向后方撤退，陈州情况日趋危急。“救亡宣传队”的队员们有的复学，有的到后方工作，有的在当地农村坚持斗争，唯有一个留在陈州城。

这个人就是秦中华。

那时候秦中华才二十几岁，也是陈州“救亡宣传队”的主要发起人之一。供职单位是县民众教育馆，识谱，属音乐教工，每回上街唱救亡歌曲多是由他指挥。他平常打扮也极具“艺术气质”，头发长长地朝后拢着，走路说话皆有些夸张，不定哪个动作还有点儿女人化倾向。秦中华的家在农村，父亲是土财主，所以他在城里读书时，处处都非常敏感，都显得“矫枉过正”，比城里人还城里人。恰巧那时候陈州师范里有个音乐教员很“时髦”，长发一甩一甩的，皮肤白皙得如欧洲人。秦中华也喜爱音乐，就处处模仿，由于某些地方没掌握好“度”，就给人“东施效颦”之错觉。

秦中华不但自己的“城市意识”浓，也极想把后人变成城里人，所以对象找的也是位城市小姐。对象姓岳，叫岳丽丽，毕业于开封女子高中，也爱唱。二人谈恋爱很浪漫，傍晚在湖边散步，迎着夕阳唱西洋歌曲；下雨同打一把伞，皮鞋叩击着麻石路，“笃笃”之声叩人心房，给三十年代的陈州古城注入了一股春风。当然，二人的行为极快在陈州引起哗然。青年们把他们当成了楷模，而守旧派则大骂坏了市风。尤其是岳丽丽的老父亲，更是愤怒之极，为阻止他们向纵深处发展，便以国难当头，“秦岳”两姓是世仇而不答应这门亲事儿！秦中华当然很愤慨，说是因其他原因拒亲也情有可原，为何要抬出古人棒打鸳鸯？于是他发誓要为秦姓争口气，抗战到底，抵制外侮！几百年之后，要让后人知道，姓秦的不只是出过秦桧，也出过秦中华！由于这种原因，当初他就成了“救亡宣传队”的发起人之一，而且是骨干分子。那些天里，陈州城里到处都是他的身影，他那甩长发的潇洒动作成了陈州街头的一大景观。

“救亡宣传队”解散之后，不少人都劝他到农村打游击，秦中华不同意。他说抗战抗战，必上一线。一线在哪里？一线就在城里！自己原本就是农村人，好不容易才混到城里，决不能因日本人来了就弃城而逃！更重要的是若自己到农村打游击，他未来的老丈人就看不到他抗日的决心和信心。最后他一再强调自己极爱岳丽丽，自己积极抗日除去爱国具有民族心之外，不否认也有为着岳丽丽的因素，让老丈人看看姓秦的到底是不是全是孬种！

陈州距徐州只有几百里路，徐州失守，商丘、开封、陈州便处于危险之中。那时候，不但国民党的军队大踏步南撤，政府也开始了逃难。商丘沦陷不久，陈州县政府便迁入国统区项城水寨镇。县民众教育馆也属政府机关，当然也随之南迁。各部门都需要一名留守人员看宅院，秦中华便主动报名守护教育馆。

县民众教育馆在朱家街一侧，原来是座庙堂，敬的是送子娘娘，辛亥革命后，这里便安上了民众教育馆。秦中华为单身汉，一直住在馆内。他的住室是过去的廊房，通过改修便成一间间住室。住室里很简陋，除去床和桌椅外，还有一台脚踏风琴，墙上还有一把二胡和一把小提琴。小提琴盒已经破旧，油漆包皮布已经有几处翘起，给人一种沧桑感。那是当初那位音乐教师留给他的礼物。几年以前，那音乐教师去了布鲁塞尔。原来的时候，岳丽丽常来这里玩耍，听秦中华用那把意大利小提琴拉《马扎尔》，高兴之时，她还要唱上一首歌，让秦中华用脚踏琴为她伴奏。歌声在走廊间飘荡，常常会赢来从别个窗户间传来的喝彩声。只可惜，自从岳老先生公开提出反对这门亲事后，岳小姐就被限制了自由。接着，岳老先生就把独生女儿岳丽丽送到南方去了。岳丽丽临走之时，曾偷偷跑来约他一同去南方。秦中华没答应。秦中华说你我能否结婚要取决于你的父亲，如果我能赢得他对我看法的转变这本身就比去南方更有意义！这是其一。最重要的是现在国难当头，热血男儿正是报效祖国之时，我怎能明哲保身只顾自己安危而去南方逃难呢？

二人哭别。

这以后，教育馆随政府南迁，空空的大院里，只剩下秦中华一个人。由于心情烦躁，不想学习，不想读书，更不想弹拉歌唱。每日里没事干，就到城墙下静听遥远的炮声，到湖边看渔民撒网，到大街上看大户人家南迁，简直有点儿度日如年了！

日本人说来就来了。

日本人来的时候是一个干热的午后，先是枪声如潮，接着马嘶声、狗叫着、爆炸声响成一锅粥。由于没有防守，日本人很容易就占领了陈州。日本人进得城内，又烧又杀又抢，到处是火光，到处是狼烟，到处是血糊糊的尸体……血光和浓烟遮住了太阳，一片黑暗。

乱了几天之后，日本人要长期侵占陈州，就成立了伪政权。大街上开始有人走动，商店和饭馆也开始小心地开门营业，慢慢地，陈州人就过上了沦陷区的日子。

秦中华一直没找到当英雄的机会。日本人烧杀抢的时候，为避敌人的锋芒，他躲了起来。更重要的是怕死得无其所，显示不出英雄本色，不想烧杀抢的风头过去之后，日本人建立什么“皇道乐土”，见人已不像过去那样只管杀，而是抓去修工事。秦中华更觉得英雄无用武之地！

这时候，他想起了岳老先生。

岳老先生把家人送南方之后，他只和一个老佣人留下来守宅院，说是要学前辈岳武穆，精忠报国，再给岳家增添光彩。岳家在东门里，一座大宅院。三进深，院墙很高。一场大劫难过后，仿佛是跨越了几个世纪。秦中华不知岳老先生现在是死是活，所以他想见岳老先生的心情很急切。

秦中华来到东门里岳家大宅之时，岳家大门紧闭，夕阳从清真寺的钟楼顶上泼下来，整个庄院仍给人某种威严之感。秦中华走上台阶，很静地叩门。许久了，门才迟疑地开了一道缝儿，露出一个老者的脸。秦中华认得老者就是岳家的老佣人，老佣人也认得秦中华。老佣人开大了门，让秦中华闪了进去，然后就急忙关紧了大门。秦中华问岳老先生在哪儿？老佣人长叹一声，说岳老先生已经吓傻了！秦中华急忙问原因，那老佣人说日本人来的那天晚上，砸开了大门，进院之后，用刺刀把岳老先生和我逼到一角，几条狼狗对着我们又蹿又叫，血红大口喷着热气直朝我们身上扑。日本人把室内贵重东西抢劫一空，岳老先生就吓傻了！

秦中华惊诧如痴，怔然了许久才随老佣人进二门过月亮门走到后庭院，果见岳老先生双目发呆，两手发抖，口水直朝下飘丝。秦中华上去叫了一声岳老伯，泪水就出来了！

虽然岳老先生阻碍了他和岳丽丽的婚事，但他毕竟是岳丽丽的老父亲。秦中华此时已经忘掉了一切，很可怜地望着岳老先生，掏出手绢为他擦口水，然后问老佣人说：“怎么不请医生瞧一瞧？”老佣人说：“瞧过了！吃药不见效，不好治！”

秦中华一听，怔了，好一时又问：“难道没一点儿办法吗？”

老佣人迟疑了一下，回答道：“先生说办法只有一个，日本人吓了他，必得用日本人的心脏炒来给他吃，才能慢慢恢复过来。”

“日本人的心脏?!”秦中华吃惊地张大了嘴巴，双目露出恐惧之色，说：“那可是不好办呐!”

“是呀!”老佣人说，“先生说这种事儿除非是病人的直系亲属才能舍命去冒险，外人是不会拿脑袋跟日本人碰的！可惜，岳老太爷除去一个独生女儿，身后无嗣呀!”

秦中华又一次吃惊地张大了嘴巴，老佣人的话如钢针般刺进了他的心头！秦中华心想这大概就是命运，茬口儿在这儿等着，非让我当一回英雄不可了！那时刻秦中华就想起了岳丽丽，想起岳丽丽的时候浑身就似冒火般燥热，仿佛岳丽丽的灵魂从很远的南方飞来，化入他的七窍，使他一下就感到责无旁贷!

秦中华“忽”地站起，只给老佣人说了一句：“你等着!”接着，就很英雄地走了。

从此，秦中华就再也没回来!

这以后，就给陈州留下许多猜测。在人们的猜测之中，秦中华就成了具有个性的民族英雄。

任先丕

1947年，任先丕是陈州支队的侦察班长。为支援刘邓大军挺进大别山，豫皖苏军区司令张国华率部抵黄泛区夏亭镇，命令陈州支队侦察敌情。支队将任务交给了任先丕。他带几名战士迅速出发，到城西龙路口一带发现李集有国民政府军一个团，邓楼一个营，龙路口一个营，龙路口东边十几辆炮车正陷在泥水中。任先丕见有机可乘，一边派人向支队报告，一边化装成老百姓向炮车群接近。敌人见有人过来，挺枪斥问道："干什么的?"任先丕沉着地回答："种地的。"敌人又问："哪村人?"任先丕说："路边毛寨的。"一个当官模样的人走过来，要抓他当向导到村里抓人牵牲口拉炮车。任先丕故装下意识地问道："你们有多少车辆，需要多少人?"那当官的抓人心切，便顺口告诉了他实情。接着，那当官的领几个士兵让任先丕带路到村里找人牵牲口。任先丕把敌人领进村里，乘敌人抓人牵牲口混乱之时，抄小道飞速回部队报告了敌情。县支队当即出动一个班阻击邓楼敌兵增援，主力部队从三面向炮车隐蔽处进发，接近炮车队时，天色已晚，敌人正喊着号子拼命推拉，县支队的突然出击，使敌人乱作一团，有的到路上取枪，可任先丕已抢先控制了枪支，敌人只好乖乖地当了俘虏。那一次战斗，毙敌七十多人，俘敌百余人，缴获美式枪一百多支，机枪十八挺。邓楼和贾寨的敌人听到枪声，惊恐万状，相互对打起来，直到天明，方知是误会。

大概还是这年秋天，为摸清敌人的城内部署，县支队派任先丕带两名战士进城抓"舌头"。三人化装成农民混进城后，刚走到一家修表店门口时，忽听有人说："专员出来了！"任先丕抬头一看，果见陈州专员张镇江带着秘书和勤务兵在大街上游逛。任先丕向两位战友一使眼神，三人便尾追上去。走过十字街后，张镇江突然止住脚步，向秘书交代了什么，只见那秘书急急朝回走去。任先丕见走了秘书，心想这下更便于行动。张镇江带着警卫兵东瞅瞅西望望，显得极其悠闲。最后，他们越过城隍庙，走上了一条小街道。任先丕看四下无人，一打手势，三人跨步上前，一齐拔出手枪顶着敌人的腰部，低声喝道："不许动，我们是八路军！"专员吓得魂飞天外，双手举起，连喊"饶命！"任先丕迅速摘掉张镇江和警卫的手枪，命令道："快带我们出西门！"张镇江以为这几个八路军是怕岗哨盘查，让他送出城去，便乖乖地向西门走去。不想快出城门时，突然从四面蹿出好多持枪士兵，团团包围了任先丕他们。

原来，张镇江是派秘书回去取东西，待那秘书回来时，正赶上任先丕他们摘下张镇江的枪，那秘书灵机一动，便提前跑到西门，向上级做了报告。

这是任先丕做梦也未想到的。许多事情，并不是以个人意志为转移的。事情到了这一步，也只有豁出去了。任先丕一把抓住了张镇江，对敌人说："若不放我们出城，专员休想活命!"

听任先丕这么一说，不但张镇江紧张，他的秘书也紧张。秘书的目的是救上司出来，救出上司才算立功才有升官的可能与希望，如果八路军不怕死，先把专员撂了，自己不等于白忙了！那秘书就连忙与守城的官员商量，放任先丕他们出去。城门守城士兵是正规军，专员只是地方官员，管不着军队这一块儿。作为守城门的官员，此时眼中盯的只有任先丕和他的两个战友，无论生擒或击毙三个八路军自然也就意味着升官和发财。专员活着更好，如果为国捐躯了也与他邀功领赏无什么大碍。由于这等直接利益，守城官员自然不同意放任先丕他们出城。任先丕很快看清了这种矛盾。当然，他也深知要想利用这种矛盾他和张镇江是关键，如果这个时候他们二人联起手来就可能说服守城官员。任先丕想到此，便小声向张镇江摆出利害，告诉他说此次“请”他出城只要情报，决不会杀害他。并说眼下守城官兵已把他舍了出去，一心只抓八路军而不会管他死活了！如果你想活命必须与我们配合，若不配合第一个死的就是你！身为专员的张镇江也早已看出了自己的危险，当然愿意与任先丕配合先保住性命再说。于是他答应与共军配合，便高声对守城官员说：“我和你们的上司是莫逆之交，请你不要邀功心切做出冒险行动。再说，这里是我的管辖地，一切应由我说了算！如果你一意孤行，后果自负！”言毕，当即命令那秘书给保安团打电话，要他们也速赶到西城门。保安团是地方武装，虽然装备不如正规军，但多是些亡命之徒，打起仗来一个顶几个。保安团团部距西城门不远，那秘书电话刚放下一会儿，保安团便风驰电掣般地来到了。张镇江一见自己的武装来了，腰杆直了起来，对保安团长说：“共军请我去一趟，保护我们出城！”

守城官员一见张镇江为保命上了共军的当，哭笑不得地说：“张专员，共军一向狡猾多端，你怎能如此轻易地相信他们！如果他们万一不放你回来怎么办？你就是出城跟他们去一趟，也应该让他们留下一个人质，到时好交换呀！”张镇江一听，顿然醒悟，急忙对任先丕说：“这位老弟讲得在理，若想不出麻烦，也请你们留下一个弟兄做人质！”

任先丕想了想回答："好吧！我留下！"跟随任先丕来的两个战士一听说任先丕要留下，便争着当人质。守城军官高声说："我们去个专员，你们也该留下个当官的！这叫信用！"

任先丕留了下来。

张镇江对保安团长说："要好生照顾任先生！"言外之意，是生怕任先丕落到国军手中。任先丕为确保"舌头"安全到位，便命令放了张镇江的那个警卫。两位战士一个押着张镇江，一个断后，在保安团的保护下，很缓慢地出了城。

专员一出城门，守城头目就将任先丕看管了起来。保安团长和张镇江的秘书一见人质要落入国军手中，急忙调人要抢回任先丕。守城头目一心想靠任先丕升官发财，当然不让，并对保安团长和那秘书说："二位放心，我一定好生保护任先丕，保证明日拿他换回张专员！"保安团长和那秘书没有专员撑腰，自然不敢与守城国军强硬。任先丕看透了守城头目的阴谋，高声喊道："你们不要上了他的当！他是要用我去请功领赏，根本不会顾你们专员死活！再说，一朝天子一朝臣，如果专员回不来，你们就没有靠山了！"经任先丕一提醒，保安团长和那秘书禁不住吃了一惊，上前拦住了那守城头目，要求将任先丕交给他们"保管"。守城头目一看保安队要抢人，变了脸色说："诸位切不可听信共军胡言，伤了和气！"说着，挥了一下手，城楼上的两挺重机枪立即掉了枪头，对准了保安团。保安团长见自己弟兄全在对方枪网之内，顿然变了脸色，对那秘书说："算了算了，既然国军长官要看管这个共军，也省了咱们的麻烦，就让他们替我们看一夜吧!"任先丕一听保安团长让了步，心想如果自己落到守城头目手中，定是凶多吉少，既然自己活不成了，不如拼个鱼死网破。想到此，任先丕突然大喝一声，猛地抱住了一个士兵的腰。那士兵惊慌失措，下意识地扣动了扳机，一枪打在了一个保安队员身上，那保安队员岂能吃亏，开始朝国军还枪……城楼上的士兵一见保安队打自己人，就用机枪朝保安队扫射。保安队一见国军动了真格的，急忙散开还击。城门前顿时大乱，枪声响成一团——那一年，任先丕年仅二十八岁。

金立宪

金立宪，陈州东北金庄人，幼年家贫，讨过饭，打过长工，做过小生意，但均未挣脱贫困，饱尝人间疾苦。

1938年，陈州抗日游击队在城北白万庄成立，为抗日救国，金立宪毅然参加，当了交通员。从此，他四处奔波，八方联络，为游击队传递情报，护送人员，转运物资，可谓是为革命东奔西忙。他往南去过大别山，往北混进过汴京城，往东到过苏北根据地，往西越过平汉铁路封锁线，行程万余里，多年如一日，人称“神交通”。

民国二十八年二月，他去项城找到中央地下工作者林西岭，为游击队领取一挺加拿大的机关枪。当时陈州沦陷，项城为国统区，以泛区小黄河为界。蒋介石1938年扒开花园口以后，陈州南五公里内外也成了泛区，黄水久冲成河，故称小黄河。日寇在河两岸设岗加哨，把守森严。距小黄河往南二十里，是颍河，国民政府也岗哨林立，森严壁垒。为躲过敌人的层层封锁，金立宪扮成卖花生的小贩，将机枪拆开装进花生包里，过颍河时，民国县政府的河防队上船搜查，他灵机一动，打开花生包，双手捧着花生一个劲地往搜查员袋里装，高兴得几个家伙连连点头，不再对他检查。当走到城南王店保公所门前时，金立宪见两个保丁正搜查行人，便寻机把花生往保公所门前一放，掏出块剩馍头边啃边去喝水，保丁以为是个讨饭的便没对他检查，最后终于将机枪安全运到游击队。同年春，游击队派他进县城了解敌情，他装扮成割草汉子挎着草篮子，内藏密信。走到城西堤上，一辆满载着持枪侵华日军的汽车，迎面风驰电掣般驶来，他躲藏不及，车到他跟前戛然而止，跳下几个日军，不容分说把篮子踢飞沟里，抓住他推上汽车，逼他带路去袭击游击区。汽车飞速疾驶，金立宪站在日军中低头不语，为设法脱身寻找时机。当汽车一次急刹车时，他用尽全身力气向前猛倾，将前边几个日军依次冲倒，压在他身下，一个被压在最下面的日军十分恼火，站起来向金立宪劈脸打来，金立宪趁机向后躲闪，摔下汽车装死，躺在地上一动不动，日军一阵大笑，汽车飞驰而去，金立宪等汽车走远，爬起来迅速潜入县城，摸清敌情后，方返回。

1940 年，金立宪奉命护送陈州抗日游击队女政委由苏北回陈州。他让那女同志躺在小车上，用被子盖着，露出两只脚，每逢敌人盘查时，他便说，这是俺妹妹，在永城上学，得了肺结核，学校不让上了，说是怕传染。敌人听说是可怕的肺病，连看也不看就放行了。

从苏州到陈州，有几百里地的路程，步行需要四五天时间。城里风声紧，他们夜间多在农村借宿。不想这一天，走到半路下起了大雨，抬头看，前面无村庄，后面是几十里的大洼，只有路旁有一个破庵子，二人便躲了进去。他们原想雨后再往前赶路，不想雨越下越大，接着天就黑了，大雨仍是不停。

那时候陈州抗日游击队的女政委王绎坐了起来，并且感到了某种尴尬，对金立宪说："老金，这几天你一直用土牛推着我，太累了，今晚由我替你放哨，你好好睡一觉！"

金立宪说："不，推你是我的任务，天太冷，还是你睡吧！"说完，他把小车又朝里推了推，自己坐在了破庵子门口，为女政委站岗放哨。

金立宪一夜未动。

女政委很感动，认为金立宪很正派。回到陈州游击队以后，女政委向队长做了汇报，并特意赞扬了金立宪品格高尚，纯洁无瑕，是一个难得的好同志，建议队长让金立宪担任侦察排长。不想陈州游击队的队长薛涛当时正恋着女政委，听说一男一女在荒郊野地里的庵子里住了一夜，满腹猜疑。薛队长打仗勇敢，足智多谋，但在这等问题上却有些小肚鸡肠。他不但不提拔金立宪，而且处处提防他。薛涛队长提防金立宪并不在其他方面，只在于女政委的问题上。由于队长持有此种怀疑心态，他看到女政委与金立宪说话就有些怒火中烧，而且越看越像有那么回事。由于这种吃醋的心理越积越浓烈，所以他对金立宪从一处不信任渐渐变成了多处不信任。每每得到金立宪带回的情报，再不像过去那般果断，而是迟迟疑疑，老害怕金立宪搞什么阴谋，更担心金立宪借敌人之手将他置于死地，然后达到与女政委结合的目的。为此，竟误了几次战机。事情过去后，薛队长不但受到了上级的批评，也遭到了女政委和同志们的不满。大伙儿议论纷纷，强烈要求撤换队长，并要女政委去县委做专题汇报。县委领导并不知道这一切全是薛涛的阴暗心理作怪，还认为只是偶然的工作失误，所以派专人来做了细致的群众工作，并让薛涛做了公开检查。薛涛检讨自己的错误时，自然不会将阴暗心理暴露于光天化日之下，只说自己是对敌情考虑过于复杂，贻误了战机，今后决不优柔寡断，要吸取教训，将革命进行到底。如此一说，便得到了上级和同志们的谅解，仍让他担任队长。

殊不知，薛涛非但没有吸取教训，却从心底深处更加仇恨金立宪。尤其是这一次女政委带头反对自己，更使他伤心至极，认为这一切全是金立宪的过错。确切地说，自从“破庵子里一夜”之后，女政委仿佛再也不爱自己了——这当然全是薛涛队长心理上的错觉，由于他自己暗恋，臆想出许多枝节。这也就像他怀疑女政委和金立宪一样，全是无中生有的猜测。按说，这在战争年代是不应该发生的事情，但由于女政委和金立宪的缘故，使一个英勇善战的游击队长竟一下子陷入了泥潭。

薛涛队长的这些心理，自然瞒不过聪明的金立宪。他有心与队长表明心迹，但又怕引起他更大的怀疑。万般无奈，他只好躲着女政委。可女政委像是对他很亲切，每次侦察回来，她均是问寒问暖。这本是体现了同志间的相互关心，但这种关心对别人可行，对金立宪就会引起队长的不快和嫉妒，往往能气得面色发青。为了不让队长醋意大发，金立宪总是尽量少回游击队。岂料事情并不像他想的那么简单，队长竟于不知不觉中发展到不相信他的情报而误了战机。金立宪深知这种思想是极有危害的，而上级又没看到问题的严重性，同志们也一时被薛涛的花言巧语蒙骗了。金立宪更知道只要自己在游击队里，薛涛决不会“痛改前非”，所谓“英雄难过美人关”并不是到了这里就不灵了。为此金立宪思考了几个半夜，最后决定向上级汇报此事的危险性，要求上级把自己调离或把队长和女政委调离。不料上级听了汇报感到很可笑，并反过来郑重教育他说：“同志哥儿，不要把自己的同志说得那么复杂。我们是革命的队伍，就是钩心斗角也不至于到了你所想的那么卑鄙……”如此一开导，金立宪也开始怀疑自己是否有些“杞人忧天了，”为试一回薛涛是否吸取教训，他特意回了一次队部，并去找女政委汇报了一次工作，出门的时候，他看到薛涛队长在暗处窥视着他，双目如喷火一般。

金立宪已猜测出自己在队长心目中的“分量”，他痛苦万分，一宿未睡，为了抗日，为了革命事业，为了游击队百把人的性命，他决定离开游击队，拯救一个打仗勇敢的英雄和整个陈州抗日队伍。

但是他又怕落下背叛革命或别的什么罪名，就心想把这种心事找人吐露一下。他第一想到的是女政委，但生怕再次引起薛涛队长的不快而否定了。就在他犹豫不决时，游击队突然有了战斗任务。这次打的是伏击战，主要目的是阻截日军运输枪支弹药的车辆。游击队埋伏在公路两旁的青纱帐里。天黑之后，战斗打响，金立宪冲在前面，用手榴弹炸坏了敌人的第一辆汽车。接着，薛涛队长带人冲了上来，枪声响作一团，金立宪大概就在这个时候倒下的。他倒下去的时候，扭脸望了一眼薛涛，目光极其复杂，等女政委跑过来扶他的时候，他只说了一个字：“他……”

“解放”后，金立宪被定为烈士。

那时候，薛涛已担任县委书记，女政委担任了县长。后来，女政委和一个姓田的下属结了婚，“反右”斗争时，夫妻双双被划为右派。

这是后话。

周光第

周光第是陈州南颍河人，家穷得上无片瓦下无立足之地。全家七口人全靠他的祖父和父亲在码头上给一个名叫刘九少的船霸当雇工，租了一只货船，靠运货维持生计。

1921 年春天，天大旱，颍河干枯不能行船，全家人不但饿肚子，还得交租钱。日子长了，就欠下刘九少的阎王账。秋天遭雨涝，颍河水暴涨，大小船只仍然不能下河。刘九少的货场里货物越积越多，就逼人下河运货。他带一帮人到周光第家催租逼债，说是不还钱就扣船。周光第的祖父央求等天晴后水小一点儿就开船，刘九少坚决不允。第二天，雨越下越大，河水一浪高过一浪，根本不能行船。刘九少又带人来催逼，周光第的父亲说："河水太大，不能行船咋办?"刘九少眼一瞪说："你不愿运货，我不逼你！有两条路供你走，一是还船，二是还钱。我有钱就能雇到人！如果不答应，咱只好见官了！"万般无奈，周光第的爷爷只得答应开船。刘九少走后，全家哭成一团，都知道这次运货九死一生掂着性命下河，个个都哭红了眼睛。果然，船由颍河转入淮河之时，不幸被一个大浪打翻，周光第的爷爷、父亲和叔叔全部遇难。那一年，周光第刚满七岁。

由于家庭没有了主要劳力，母亲就只好领着他们兄妹三人到处乞讨。第二年春天，他们讨到陈州。一天，周光第的弟弟突然得了重病，无钱治疗，母亲哭天无泪，只好卖孩子。正好遇到城内一家要买小孩子，周母只好咬牙将周光第卖了，换了十块钱。

周光第去的这一家姓吕，住在南关门里。吕家开了个小药铺，娶了两房太太都没有后，所以想要个孩子防老。七岁的周光第到吕家却没享到“少爷”的待遇，而是什么活都得干，活脱是个小长工，受尽了人间折磨。后来，吕家主人吸大烟破了产，又把周光第卖到城北周家，取名周光第。周家当然也不把周光第当人看，吃的是残汤剩饭，睡的是麦草铺，干活时一不顺主人的心，就要遭毒打。

周光第十五岁那年，陈州抗日支队路过周光第住的村子，他偷偷跟上队伍，哭诉了自己的身世，要求参军混碗饭吃。支队政委姓李，见周光第还是个孩子，就劝他回家。周光第软缠硬磨，终于感动了政委和队长，答应让他入伍，并告诉他说当兵不是混饭吃，是抗日，随时都有牺牲之险，问他怕不怕？周光第说，我啥苦都受过，已死了好几回了，还怕个啥？政委和队长觉得这事儿还应该向周家说一声，不想一说，周家不同意，并说孩子是买的，花了三十块大洋！现在你们要他，可以，但至少要掏五十块大洋，因为我们已经养活他几年了！李政委一听，就觉得这周家真是太那个，说，好吧，这孩子就算归我们了，从今以后与你们也没任何关系了！说完，要事务长给周家五十块大洋。事务长悄声对政委说，别说是五十块大洋，五块也没有！当时正是抗日根据地大封锁，抗日支队上哪儿弄大洋？没办法，政委只好做周光第的工作，要他暂时先留下来，等长大后再参军不迟。周光第一听政委变了卦，很是着急，说："周家如此不讲理，我只好给他们算清楚！我来这里五年，干了五年活，一年给十块大洋，也够五十块了！"言毕，顺手抄起一把刀，对周家主人说："在你家五年，你一天也没把我当人看！今天若不放我走，咱谁也别想活！"周家主人一看周光第动了家伙，很是惊慌，忙对政委说："你快把他带走吧，钱我不要了！"政委劝下周光第，对周家主人说："事情到了这一步，放他走也好。不过，他刚才是气话，以后他还会回来报答你们的养育之恩的！"根据政委的意思，周光第就再也没有改名，一直就叫周光第。

周光第入伍以后支队领导根据他人小易化装的条件，让他当了侦察员，经常去县城取情报，为便于隐藏自己，周光第经常化装成小叫花子，和城内一群小乞丐混在一起，出城进城都比较容易。又加上年龄小，很少引起鬼子的怀疑。

和周光第单线联系的人姓唐，在城里开绸缎店。每回递送情报，周光第就去店前讨要。唐老板让人取出装有情报的馍馍，“打发”周光第，再由周光第把情报送往支队。

一开始都很顺利，不想一年后，给唐老板提供情报的人被日寇发现，那人原在皇协军里当副官，被捕后，叛变了革命，供出了唐老板。敌人很狡猾，为一网打尽陈州共产党的地下工作者，并不急于逮捕唐老板，只在绸缎店周围布满了特务，仍让那叛徒照常送情报。唐老板和周光第当然不知道，仍以老办法递送情报。一开始，敌人并没怀疑周光第，不想“讨要”两回之后，就被列入“重点监视”对象。两个特务跟踪周光第之时，周光第并没发觉，直直穿过大街，找到那帮小乞丐，准备让他们协助出城。由于平常周光第待乞丐们很好，娃子们皆把他当大哥看待。周光第一说出城玩一玩，小叫花子们都很赞同，叫着闹着就朝城门口跑去。不料刚到城门口，就被守门鬼子兵拦住了，接着两个特务出面搜查周光第。周光第一看事情败露，更不知那个情报是假的，就一口将情报吞了下去，一个鬼子见周光第吞了情报，一刀将周光第刺死，然后开膛破肚，找出了那个小纸团儿……

更令人可悲的是，由于周光第没有改姓，敌人就根据周光第的名字找到城北周楼，把周家人杀了个精光。

政委听说这件事儿后，很是懊悔当初没给周光第改名字！"解放"后，政委当了陈州县委书记，有一天他带人专程跑到周楼，到周家主人坟前伫立了许久，说："当初只想到小周长大后孝敬你，万没想到事情会这样！"

周光第被追认为烈士后，政委特让他挂在周家主人一位老姐姐的名下，每年按时送去抚恤金……

伍西曼

伍西曼，周家口人，因家境贫寒，早年丧父，靠亲友资助，于1931年考入开封省立女中读书，学习成绩一直名列年级前茅，连年都是女中一等奖学金获得者。在学校进步教师的熏陶影响下，她阅读了不少革命书刊和进步文学作品。1936年伍西曼高中毕业，为了追求革命真理，她从汴京毅然赴北平，在地下党陆冬春同志的介绍下，9月间秘密参加中国共产党。当时她在北平一无职业，二无经济来源，为了开展党的工作，她考入了北平女子文理学院，并担任学校地下党的支部书记。她一边做党的工作，一边读书，生活十分艰苦，仅靠二十五元奖学金来维持生活和开展党的活动。

卢沟桥事变爆发之后，党派她到家乡做抗日救亡的宣传鼓动工作。她虽是一个女青年，却干劲十足，不辞劳累，大声疾呼国难当头，中华好儿女应该奋起抗战，抵御外侮。她还带头登台演出活报剧，在《放下你的鞭子》中扮演青工“大老李”，演得还十分逼真。她个子高，头发理得短，戴上军帽极像个男同志，所以不少人都亲切地喊她“大李哥”。

1938 年，陈州建立抗日民主政权，伍西曼担任县妇救会主任。当时妇救会的工作主要是发动广大妇女积极参加抗日救亡活动，一开始，多在县城搞发动搞宣传，陈州沦陷后，便转入了农村。

当时的陈州抗日根据地建在城北白楼城西齐老家一带。白楼距城很近，与县城只一湖之隔。陈州城湖很大，从白楼进城只一条路，路两旁全是湖水，夏天雨大，道路淹没，一切全靠渔船。湖内长满芦苇和蒲草，很便于打游击。夏秋两季，陈州共产党县委和抗日支队多住在芦苇荡内躲避敌人的扫荡。城湖苍苍茫茫，蓝的天，绿的苇，一望无垠。湖水深处，有不少无名小岛，抗日支队就在小岛上用芦苇搭棚，遮阳避雨。那时候，伍西曼白天到乡间发动妇女为抗日战士做军鞋，晚上就回来住在湖内小岛上的窝棚里。

来回都要以船代步。

只可惜，伍西曼不会划船，每日同她一同出湖进湖的是个渔家姑娘，叫环环。环环是城北孟楼人，世代渔民，自幼就随着父亲下湖打鱼，对湖内的水道很熟。无论白天或黑夜，她皆能准确地把伍西曼送到指定地点。一开始，伍西曼深怕因自己不会划船误了工作，就主动向环环学习划船技术。怎奈她个子高，渔船橹小，很不协调，再加上她对湖里错综复杂的水道不熟，又是高度近视，三拐两磨就满目芦苇和水世界，分不清东南西北了。由于这多种原因，伍西曼一直不能单独行动。伍西曼不能一个人划船出湖进湖，就只好让环环送来送去。环环只是个革命群众，并没有参加抗日支队，她每天按时把伍西曼接出湖，然后打鱼，到晚上再到约定地点把伍西曼送进湖内。伍西曼也曾几次动员环环参加革命，随她做妇女工作，而每次环环只是笑笑，也不说参加也不说不参加。伍西曼急了，央求她明确表个态，并说虽然革命靠自觉，但必要时促一下还是应该的，问得急了，环环才红着脸说她马上就要出嫁了，参加不参加革命已不是她自己能做主的了，要征求一下未来丈夫公公婆婆的意见才能决定。伍西曼一听笑了，说我是妇救会主任，就是做解放妇女工作的，赶巧每天和我在一起的划船姑娘就是一位解放对象，她小小年纪，却满脑子夫权思想，自己不当自己的家，还未过门就把自己的命运交给了别人……接着，伍西曼就给环环讲了许多妇女解放的大道理，听得环环大眼睛一闪一闪的，但一让她明确表态，却又开始犹豫不决。

随着环环婚期的到来，伍西曼渐渐失去了耐心，便向组织汇报了环环的情况。组织上考虑到伍西曼是个女同志，每晚都是天黑以后才进湖，最好还是找个渔家女接送方为合适。可派人找了几天，总是找不到合适人选。万般无奈，只好改变初衷，最后决定让一个老渔民接替环环的工作。

环环明天就要出嫁了。

环环说，她要最后再接送一回伍大姐。伍西曼坚决不同意，说是你明天就要当新娘子，许多事情都要准备，怎能为我而误了终身大事？环环说穷人家的闺女出嫁没什么准备，洗洗脸，小包袱一打就走了。伍西曼见环环一片真诚，只好答应了她。

可令人意想不到的是，当天夜里，日本鬼子提前了“五一”大扫荡。

那天晚上，伍西曼为组织妇救会赶制了一批军鞋，回湖边晚了一些。她走到约定地点，吹了一声口哨，环环就从芦苇荡中把小舟驶了出来。伍西曼一看环环把船驶了出来，顿生疑窦。因为她和环环早有约定，每吹三声口哨后环环才能把船驶出来。而且为防万一，她们每天晚上的接头地点多是随时更换的。是不是发生了什么意外？伍西曼心头骤起疑团，接着就看划船的环环。由于天色已黑，看不清楚，只看到一个轮廓。但伍西曼已感觉到船上环环有异样，为证实真伪，伍西曼说：“环环等急了吧？”船上的环环只“嗯”了一声，却一直不说话。伍西曼一看事情有诈，急忙掏出八撸子，指向船上的“环环”说：“你是谁？你把环环弄哪儿去了？”这时候，突听一片笑声响起，四面火把点燃，火光之中，伍西曼看到从芦苇荡中又划出一条船来，几个日本兵和皇协军架着被绑的环环，掏出了她口中的毛巾。环环悲痛地喊道："伍大姐……"

敌人从四面包围过来。

伍西曼举起八撸子对准自己的太阳穴，对船上的敌人头目说："你们不是抓我吗？若不快把环环放了，我这就自杀！"

敌人虽然害怕伍西曼自杀，但更害怕伍西曼打枪。因为这次扫荡是他们蓄谋已久的，再不像过去那般大扫大掳，而是通过底线，悄悄地抓住伍西曼，然后把陈州抗日力量一网打尽……为稳住伍西曼，敌人只得先放了环环。伍西曼怕敌人有变，仍用枪顶着自己的太阳穴，要环环赶快划船离开这里。环环哭着对伍西曼说："伍大姐，这可不是我告的密呀！"

伍西曼做梦未想到在这种时候环环竟说出这等话！那时候她已悟出了敌人的阴谋，决定等环环离开之后她就朝天开枪，让抗日支队知道敌人的扫荡已经提前开始了。可是，怕事的环环却还一直在"洗"她的身子，她仿佛把声誉看得比生命都重要，极其认真地对伍西曼说："伍大姐，真的，今儿个在这里接头我可谁也没告诉！请你相信我！"

伍西曼简直有点哭笑不得了，对环环说："我相信你，赶快走吧！"环环哭着说："这地方就咱两个知道，我怕是跳到黄河也洗不清了！天地良心，我可真是谁也没说！"伍西曼万没想到在这生死关头环环却为这个问题纠缠不清！她说不清是人到事处迷，还是环环吓出了毛病！为争取时间，伍西曼故装生气地说：“环环你若不走，我可是真怪你了！”环环一听这话，瞪大了眼睛说：“伍大姐，你若真的不相信我，那就你走我留在这儿！”伍西曼见环环如此固执，真不知道如何办好了。敌人当然不会让她们如此磨蹭，伍西曼只好大声呵斥环环道：“你若不走，怕是一个也走不脱了！”

环环这才哭着走了。

敌人首领见环环走了，对伍西曼说：“只要你领我们找到抗日支队，保你永享荣华富贵！”

伍西曼笑笑，朝敌人开了火。

环环回家后，连吓带忧郁，不久便也离开了人世。到底是谁出卖了伍西曼，至今仍是一个难解之谜！

吕　南

吕南1919年出生于陈州九区颍河北岸的葫芦湾村一个农民家庭。兄妹三人，他行二。父亲吕林，为人忠厚老实，辛勤耕耘，农闲时卖豆腐，以弥补家庭生活不足；母赵氏，性情温和良善，长于纺织，向以勤俭持家与从严教子，为邻里乐道。

吕南1925年至1936年上学，读高小时靠外祖母、姨母资助，读完高小，因家庭经济拮据，无力升中学，只在本村读几年儒学。吕南深知学习机会来之不易，故而非常刻苦，加上天资聪颖，记忆力强，成绩多是名列前茅，颇受教师器重。

1937年春，共产党侯晋山任陈州九区区长，党从竹沟派王世杰来九区开展抗日救亡工作。当年4月，举办青年抗日救亡训练班，吕南被录取为训练班学员。学习期间，吕南参加了民先队，后经一段考验，7月由王世杰介绍入党。接着，吕南被派往新庄学校以教书为掩护，从事地下工作，建立党支部，任支部书记。

新庄学校在陈州以北，与县城只有一湖之隔。学校紧靠北城湖，水大的时候，进城要以船代步。北城湖很大，夏秋两季，芦苇青青，百鸟啼鸣，风景十分秀美。由于这里教学质量高，当时城里的官家子弟也来这里就读。吕南常以家访形式深入到城内，为党搞到情报。

那时候陈州的县长姓胡，叫胡博一。胡县长的少爷也在新庄读书，赶巧吕南是他的班主任。胡博一的儿子叫胡松，胖乎乎的一副娃娃脸。他上学有专车接送，拉黄包车的人叫刘壮，十七八岁，是吕南亲自介绍的。刘壮年龄虽小，但却是个“老地下工作者”，十二岁时他就开始了单独递送情报。1937年冬日，中日战争吃紧，陈州面临着沦陷。陈州县党支部准备南迁水寨镇。吕南和刘壮的任务是，要尽力鼓动胡博一坚守陈州，和日本人打一仗，以鼓舞陈州军民的抗战士气。当时陈州上层也分为主战主逃两大派，以县参议长于佰龙为首的主逃派，坚持弃城南迁，不与日寇硬碰。以县长胡博一为首的主战派想打一仗，于国于民都有个交代。为能支持胡博一抗日，陈州地下党组织了好几次学生游行，高呼口号，声援胡县长的抗日决心。当时的陈州地下党领导人很想和胡博一当面谈一谈抗日局势，便派吕南前去试探。不想吕南正要以家访形式求见胡博一的时候，他的儿子胡松被人绑了票。当下土匪们就送来了条子，要胡县长拿出三万大洋，赎回贵公子，延误了日期就撕票，毫无商量的余地。

和胡松一齐被绑的，还有刘壮。

原来这些天北城湖涨水，去城北新庄必须过一段水路。当刘壮那一天将黄包车拉上渡船以后，那船行至半路便划进了芦苇里。刘壮看势头不对，正欲大喊大叫，不想已被人捂住了嘴巴。

绑架胡少爷的是一帮湖匪，为首的姓白，叫白耗子，为人歹毒，杀人不眨眼，而且从来不小打小闹，一犯案就惊天动地。这回绑上县太爷的公子，而且狮子大张口，赎金高得吓人，一下就牵动了陈州城。

胡博一为官清廉，这是众所周知的。若让他掏腰包，别说三万大洋，就是三千也难以拿得出。以于佰龙为首的主降派见是个机会，愿意捐出款项赎回胡公子，但有个先决条件，那就是要胡博一答应县府南迁。为了儿子，胡博一自然要有所动摇。陈州地下党认为这个时候若能救下胡松，不但能支持胡博一，对主逃派也是一个打击。于是，陈州地下党立刻召开紧急会议，决定派人进匪巢营救胡松。吕南身为胡松的老师，主动报名去会见白耗子，争取尽快救出胡松。

白耗子的活动地点多在东城湖一带，他们虽然在岸上也有匪巢，但每到夏秋两季芦苇茂盛时节，多在湖内隐藏。也就是说，他们没有固定的地点。吕南为找到白耗子，便划着一叶小舟进了东城湖。他寻找了一天，直到太阳快落时，才发现有一渔船在芦苇中游弋。吕南见船上打鱼人的动作非常笨拙，便断定这人不是打鱼人。他把船靠过去，与那人说："老哥，我找白司令！"那人望了吕南一眼，见是个白面书生，很凶地问："你找白司令问我干个啥？"吕南施礼道："大哥打鱼的架式已告诉我你知道白司令的去处。"那人一看吕南看出了破绽，"忽"地从腰间拔出手枪，厉声喝问："你是干什么的？"吕南并不惊慌，笑了笑说："我是个穷教书的，也是胡松的老师。常言说师徒如父子，现在胡松被白司令绑票，他的家长向我要人，我自然要来找白司令求个情！"那人冷笑一声说："胡县长的少爷顶三万大洋，怎凭你一句话司令就会放人？"吕南说："我不求司令放人，只是胡松是我的学生，不能因绑票影响了他的学业。我只求白司令能高抬贵手，让我在这里给胡松上课。"那人听吕南竟说出这等话，很是好笑，他说世上哪会有你这般好的先生？但说归说，那人还是答应带吕南去见白耗子，只是要勒上眼睛举着双手才能上他的贼船，说着就扔过去一块黑布。吕南照着做了，那匪徒将小船与吕南的小舟靠拢，让吕南上了船，然后才朝湖水深处划去。

吕南见到白耗子时天已大黑，很淡的月光下，吕南只看到许多黑影在晃。离他不远的一条船上坐着白耗子，白耗子抽水烟，烟火一闪一闪的，映出一张非常可怕的脸。好在白耗子有些学问，一听说吕南追到匪巢是为给自己的学生上课很是惊诧。他总觉得这是一个阴谋，用很重的声音警告吕南说：“给票儿上课可以，但我对你说，你别想歪点子，要不，我可是连你一块撕了。”吕南说：“大王千万别撕票，那胡县长现在正准备抗日救国打日本，你也是中国人，万不可因这件小事儿影响了大局呀！”白耗子一听怔了片刻，问：“那胡博一敢和日本人斗？”吕南说：“日本人也是人，个子还没咱们高，有什么可怕？”白耗子说：“日本人有好马快枪，那么多正规军都打不过，一个小县城里能有多少兵，怎能抵得过？”吕南说：“县城里的兵是有限，可你别忘了全县人民同仇敌忾，那力量有多大呀！那胡县长为鼓民族志气，连儿子都不要了！现在全县的父老乡亲都在骂你不识时务，瞎披了一张中国人人皮，专在这时候绑县长家的票儿！白司令，恕我直言，你可是要千秋万代落骂名了！”白耗子说：“我本来就是个大土匪，怎会怕骂？”吕南说：“司令此言差矣！自古绿林多英雄，被人称作英雄的绿林好汉，大多是爱国志士！白司令虽然走了一些错棋，但如果深明大义，为民族利益着想，公开放了胡少爷，岂不由万人唾骂变成万人称道？”白耗子一下瞪圆了双目，在黑暗里怔怔然许久没说出话来。吕南见白耗子不说话，又劝道：“如果白司令深明大义，我愿意为司令效劳。”白耗子这才开始抽水烟，殷红的烟火一明一暗，好一时才问："你到底是什么人?"吕南说："我是胡松的老师呀！不信你可以让胡松来见我，看他认不认我这个老师?"白耗子说："你一个小小的教书先生，如何能让全县人知道我放了胡县长的公子呢?"吕南说："这不难，只要你放了胡松，我们学校马上串联其他学校上街游行，庆祝胡县长骨肉团聚，白司令深明大义。"白耗子想了想，问："让我如何相信你?"吕南说："我愿在此做人质，拿性命担保!"白耗子见吕南说得真切，便派人把胡松和刘壮带上来，胡松和刘壮一见吕老师来了，很是惊讶，两个人的泪水很快就流了出来。吕南向刘壮交代了任务，要他回去火速向地下陈州特委汇报，并嘱咐他要以性命担保胡松的安全，万万不可大意!

白耗子派人送走了胡松和刘壮。

可是，吕南做梦也不会料到，当两个匪徒将胡松和刘壮刚送到离城不远的地方，突然遭到枪击，四个人全部被活活打死了，血水染红了好大一片湖水……

有人说，这是主逃派于佰龙们雇人干的，也有人说，这是日本人下的毒手……

吕南从此杳无音信。

血　灯

吴公干是陈州城南小吴庄人，年幼读儒书，勤奋好学，成绩优异。但因家道贫寒，为让兄长吴公锦进开封武备学堂就读，自动辍学。十四岁投师学铁匠，学得一手好手艺，同时也养成了一种刚强勇敢的性格。他为人正直，主持正义，不随波逐流，敢于扶弱济贫，反对权贵，在陈州城内颇有威信。有一日，清政府地方官吏向铁匠铺勒索捐税，蛮不讲理，公干看不过，挺身而出，与之相争，几遭不幸。气愤之下，投军当兵，去了省城。

那时候，已是 1906 年的春天。大概就是这年春天，吴公干的胞兄吴公锦被选送到日本东京留学，学习法政。同年，经人介绍加入同盟会。第二年，吴公锦从日本留学回国到开封创办“大河书社”，联络同盟会员及开明人士，积蓄革命力量，为推翻清王朝做准备。吴公干闻讯，弃军投之，在书社做招待。此间，他常与同盟会的领导人张仲瑞、刘积学、杜潜、程克等接触，受到革命思想的熏陶。他以推翻清朝统治为己任，斗志极高。

武昌起义一声炮响，河南同盟会积极响应，决定于12月22日夜举义，以放火鸣炮为号，分区出动。公锦公干二兄弟此时更是日夜奔忙，协助总司令联络开封民军和商学各界进步人士，并帮助部署兵力。不想在起义就要爆发之际，义军内巡防营统领柴德贵叛变，突遭汴军包围，起义失败，不少革命者惨遭杀害，吴氏二兄弟双双被捕入狱。

12月23日，敌人开始审讯吴氏弟兄。他们先拉出公干，问他为何要反清复明？吴公干直言不讳，厉声回答："我为革命而来，无所畏惧，朱元璋的天下，失之胡儿，即不还之朱家，也应还之汉人！"问官要把他推出斩首，他说："革命党遍天下，杀之难，杀之尽更难！不杀革命党，革命党就不多！革命党不多，革命就不容易成功。革命党的血，就是灌溉自由的肥料！杀，是我求之不得的！"言毕，伸颈大呼："杀，杀，杀！"

真可谓无所畏惧了！

敌人需要的是怕死鬼，所以对此恨之入骨，最后想出一条毒计，把吴公锦也拉到刑场，对他们说："你们兄弟二人，一奶同胞，如果谁先动手把谁杀了，谁就可以活命！"

公锦和公干二人一听此言，禁不住仰天大笑，笑毕，兄弟俩深情地望着。吴公锦说："兄弟，分别一夜，如别三秋，心想今生今世见不到你了，不想还有如此杀场之缘！"吴公干说："哥，你我能有今天，算没白做兄弟一场！兄弟没啥盼，只盼来世你还当我哥！只是有一点，咱俩一死，苦了咱爹咱娘了！二老养儿不容易呀……"

吴公锦叹了一口气，对弟弟说："那咱就面朝南给爹娘叩几个响头吧！"

言毕，兄弟俩双膝扎地，面朝陈州方向给爹娘"咚咚咚"叩了三个响头。

兄弟俩再相望，都是一脸"红牡丹"。二人相视一笑，站了起来。

哥说："兄弟，你动手吧？"

弟说："哥，你动手吧？"

……敌人当然不允许他们磨磨蹭蹭，端来两盏灯，放在他们面前，先杀吴公锦，鲜血扑灭了一盏灯，再杀吴公干，鲜血扑灭了第二盏灯。兄弟俩的鲜血交叉在一起，组成了一个很大的红色"十"字架！……

后来一位颇有名的画家以此景状创作了一幅油画，取名为《血灯》。

血 碑

陈州有个大土匪，姓方，名殿基，外号方瞎子。他有几百号人马，谁跟他过不去他就跟谁干。日本鬼子一占陈州，他就觉得侵占了他的地盘。所以，他便打出了抗日的旗号。

方瞎子并不瞎，只是眼睛朝里眍，又小又细眯，远看如瞎子一般。方瞎子抗日，多是拉些女人放在“库”里，得知日寇要去哪个村，便提前埋伏，等鬼子一到，先放出那些女人。鬼子见女人如狼似虎，纷纷上前，又叫又嚎。这时候，方瞎子就命令开火。有时候伤了女人，也不心疼，说是为保护更多的女人，一个换几个，划得来。

这种战术弄得多了，鬼子上当不少，再见女人，竟不敢轻举妄动了。

日本人恨透了方瞎子。

日本人决心要消灭这支土匪队伍。

日本人深知，要消灭这支队伍并非易事。因为瞎子打仗极有种，他的弟兄也个个英勇，听见枪声就忘了命。他们又都会些武功，抡起大刀来如同车轮。若是你刺中了他，他临死也要拉响“飞尸弹”。

“飞尸弹”，就是两颗手榴弹于打仗前绑牢在腰间，揭开保险盖儿，把导火索用细绳儿串在一起，用蜡封了根部，然后绕到腰间，临死前朝肚子上一捞摸，接着便一声巨响，让你陪着上西天。

日本人虽崇尚“武士道”精神，但比起方瞎子的队伍，可算是小巫见大巫了。所以，日本人对方瞎子又恨又怕，为消灭这股抗日力量，日寇费尽心机，特派一个联队进驻陈州。

联队司令员叫藤木。藤木很狡猾，先是按兵不动，然后派密探化装成百姓模样，四处打探，终于在一天夜里包围了方瞎子部住的村子。

村里的人被集中在一个场地里，藤木让村里的人交出方瞎子，否则，全部杀光。

方瞎子和他的弟兄来不及还手，只得混在人群里见机行事。

藤木命士兵架起机枪，然后说：“方瞎子，你的英雄大大的，快快地走出来！”

方瞎子一使眼神，土匪们全都走了出来。藤木一见，大惊失色！原来方瞎子他们全都敞怀露腹，个个腰里别着“飞尸弹”。他们一手提枪，一手拉着导火索，走近了藤木。

藤木后退着，惊慌失措地说：“有话好说，有话好说！”

方瞎子扭头对村民们说：“乡亲们，让日本人开开眼界！”

村民们也都敞开了上衣，个个怀里都绑了“飞尸弹”。

藤木大惊失色，惶惶地问：“方英雄，你要干什么？”

方瞎子要藤木放走老百姓。

藤木迟疑片刻，便答应了。

老百姓四散而去。

场地上只剩下方瞎子的弟兄和日本兵。

藤木一挥手，命令士兵给方瞎子们让开了一条道。

方瞎子就站在藤木面前，看着弟兄们走出包围圈。

突然，一个日本兵偷偷上前抱住了方瞎子，“飞尸弹”炸响，一片火光。

日本人的机枪叫了起来，土匪们扭头冲锋，全都倒在血泊里……

这时候，村上的老百姓突然从背后围拢而来，他们冲进日寇群中，毅然拉响了“飞尸弹”……

一片火海！

这个村子原名芦庄，后改为血庄。“解放”后，政府为捐躯的村民们立了一块碑。碑是白色的大理石制成。每逢这一天，四乡的村民都来祭奠抗日英雄，他们用红水或血水朝碑上泼洒，故称血碑。

薛　莉

薛莉不姓薛，姓路，陈州北孟楼人。在她出生前，父母随祖父母到上海定居。民国十八年的时候，路薛莉出生。母亲一共生了七个孩子，路薛莉是老四。一家十一口人，全靠在海关当小职员的父亲供养。

薛莉的祖母是天主教徒，所以薛莉开始读书便上了教会学校。教师都是身穿黑色衣裙、头戴白色大帽子的外国“嬷嬷”，对学生非常严厉。学习科目也多，以英文和中文文言文为主。老师为了上课方便，给每个学生起了一个洋名，“薛莉”叫“露莉”，后来她改“露”为“路”，又在中间加上母亲的姓氏“薛”字，便成了“路薛莉”。

由于家庭生活困难，学费总是不能一次交齐，薛莉经常被校长找去训话。后来，她不堪忍受那种修女式的生活，就转到了普通学校去读书。薛莉从小就爱好广泛，尤其喜欢唱歌、演戏，学校的文娱活动，总少不了她。那时她的大哥已经加入了地下党，所以她常和姐姐一起跟着大哥去参加地下党领导的业余话剧和歌咏活动，受到进步思想的熏陶。十五岁那年，就加入了共产主义青年团，积极参加革命活动。上海沦陷，她的大哥大姐全被日本人杀害。父亲怕她再遭不幸，强迫她和二叔回到了故乡陈州。

不想刚回陈州没几天，陈州也成了沦陷区。

薛莉很快就与陈州抗日支队取得了联系，参加了抗日工作。两年不到，她就以泼辣能干闻名于淮太西根据地。她虽是个在大城市里长大的姑娘，但极胆大，常常背着大捆军鞋穿过敌人的封锁线去支前。为此，战士和乡亲们都很喜欢她，战士们喊她小薛，乡亲们喊她薛妹子。1942 年，薛莉和抗日支队的一位政委在一间农舍里结了婚。当时的环境很残酷，日本鬼子不断大“扫荡”。新婚后的第二天他们就各奔东西，丈夫在军分区指挥作战，薛莉更忙于宣传支前。战争似一条天河，使得新婚夫妇难以见面。

1944 年，正值杨柳吐翠的时节，薛莉在城东堡垒户王大妈家生下一个男孩儿。孩子生下来又白又胖，黑亮的大眼睛，红扑扑的脸蛋，很逗人喜爱。左邻右舍的嫂子、大娘们都争着帮忙，有的送来了红兜肚、小夹袄，有的送来了小棉裤、虎头鞋。房东王大妈还杀了正下蛋的母鸡，为薛莉熬汤下奶。

薛莉给儿子起名叫胖胖。

胖胖的出生给薛莉带来了不少困难。由于日本鬼子负隅顽抗，不断对抗日根据地骚扰破坏，薛莉只得背着孩子到处转移。风餐露宿，吃不好，睡不安，身体虚弱，没有奶水。胖胖每天只能喝些米汤、面糊糊，饿得又哭又闹。驻地的大嫂们一听到孩子的哭声，就赶紧放下自己的孩子来给胖胖喂奶。这些，使薛莉觉得欠了乡亲们很多，工作起来更加拼命。

这年的腊月，天寒地冻。腊八的头一天，刮着飕飕的小北风，薛莉随淮太西军分区转移到城西齐老村，正巧有个名叫艾斯·杜伦的美国陆军上尉作为国际反法西斯统一战线的代表从省军区也来到了这个村里。因为薛莉会说英语，上级就让她做了临时翻译。第二天要熬腊八粥，房东刘大娘早就洗好了红枣，泡上了绿豆，用心拣好了小米。没想天还没亮，就有人慌慌张张地跑了来，上气不接下气地报告：“不好了，不好了！鬼子围上来了！”接着侦察员也跑来报告说，从陈州又出动了二百多敌人，正从东南方向奔袭而来。由于情况紧急，薛莉先派人去火速报告上级，然后又掩护群众下了地道。

不料敌人刚刚进村，村里一个投敌分子就向敌人指出地道口，掩藏分区电台的地道当即就被敌人发现了。更令人心焦的是，与这个地道相距很近的另一条地道里，藏着艾斯·杜伦、薛莉和七十多位父老乡亲。日本人命令伪军向洞里喊话，听不到回音后，又开始朝洞里打枪。枪声、喊叫声吓着了薛莉怀抱里的孩子，胖胖“哇”的一声哭了起来。薛莉着急万分，万一让鬼子听见哭声，就会把敌人引到这里，国际友人和几十名群众就全完了。顾不得许多，薛莉急忙用奶头堵住孩子的嘴。可胖胖还是哭，薛莉又用衣服把孩子的头蒙住，紧紧贴住自己的身子搂抱着。起先孩子的小腿还踢蹬了几下，渐渐不动了。房东刘大妈着急地扑上去，使劲儿掰薛莉的手，颤声说：“快松手，别捂坏了孩子！”可薛莉动也不动……直到上边听不到什么动静了，她还紧紧搂着孩子，乡亲们从她怀里夺过孩子时，只见胖胖脸上青一块紫一块，已无声息了……

孩子永远地去了，薛莉万分悲痛。这件事更是深深感动了艾斯·杜伦，他将随身携带的一把荷兰匕首赠给了薛莉。

全国“解放”后，薛莉又生了一个男孩儿。说来奇怪，小孩儿生下来仍是又白又胖，黑亮的大眼睛，红扑扑的脸蛋儿……望着与当年的“胖胖”一模一样的儿子，薛莉禁不住热泪盈眶。

错　误

唐亮走出房门的时候月亮已经偏西。几朵灰色的云如飞马般从月前驰过，大地一片斑驳和朦胧。队员们负着一天的疲乏，东躺西歪地睡在那片秫秸垛周围，香甜的鼾声令人陶醉和慵懒。哨兵在门外游走，听到脚步声，很机警地拉了一下枪栓："谁？"

"我！"唐亮回答。

"政委，还没睡？"哨兵悄声问。

唐亮四下望了望，问："刘队长开会还未回来？"

"没有！"哨兵说，"不知他是否知道今日的宿营地？"

唐亮朝远处望一眼，没有回答哨兵的问话。因为天黑之前，宿营地为绝对保密，知道者只有三个人：政委、队长和副队长。

"见到副队长了吗？"唐亮又问。

“她刚才出去了！”

“去哪儿了？”

“不知道！”

唐亮走出村子，来到了湖边。湖水粼粼地晃动着月光，远处有渔火闪亮。政委唐亮顺着湖边走了不远，就发现远处坐着一个黑影。黑影听到脚步声，机警地问：“谁？”

“是我！”唐亮走了过去。

副队长盖岚放松下来，黑暗里望了唐亮一眼，问：“你怎么还没睡？”

“队长不回来，睡不着！”唐亮说。

“大扫荡以来，敌人越逼越紧，马上青纱帐就要成熟，好让人担心哟！”盖岚叹了一口气说。

“这阵子东躲西藏，同志们太累了！”唐亮挨着盖岚坐了下去。四周很静。一望无际的湖水中长满了芦苇和蒲草。黑森森的芦苇和蒲草随风摆动，像是匿藏了千军万马。

“应该和鬼子干一仗！”盖岚拽着青草说。

“队长请示县委至今未回，同志们早憋不住了！越是在这种时候，我们更要镇定，稳定同志们的情绪！”唐亮告诫盖岚说。

“应该鼓鼓军民的志气，让鬼子们知道县大队还活着！”

“刚上任的县委书记是个书生，像是没一点儿火气！”唐亮有些颓丧。

“不知上头咋给咱们派来这样一位书呆子！敌人造谣说县委逃跑了，县大队被消灭了！乡亲们的抗日情绪越来越低落了！”盖岚怨气十足地嘟囔着。

突然，远处传来马蹄声。唐亮和盖岚警惕地闪进暗处，掏出了手枪。

是队长回来了。

队长是个络腮胡子，又高又大。他望着政委和盖岚，郁郁地说：“书记仍是不同意我们打！”

唐亮和盖岚互望一眼。

盖岚发牢骚说：“这个书记，偏偏让我们摊上了！”

“怎么办？”唐亮问队长。

队长长出一口气，突然定了目光，盯着政委和盖岚说：“鬼子封锁太严，县委与特委失去了联系，其实这一切全是书记一人的决策！所以我想犯一回错误，不知你们能否支持我？”

唐亮和盖岚一下就明白了队长的意思，齐声说：“愿用性命担保！”

队长感激地笑笑，说了自己的计划。三个人走进村里，唤醒队员，排好了队伍。队长说：“我们连连请示，书记不让打，只让我们躲！这一回，我要犯一回错误，打一仗！”

群情振奋。

队伍踏着月光出发了。

队伍刚拉出那个小村不久，那里枪声大作。许多天以后，那个县委书记被他一个在日军当翻译的同学用金钱和美女拉下水的消息便传了出来。由于队长杀敌有功，决策正确，保住了抗日力量，被任命为县委书记。

新任县委书记由于文化水平有限，一直没有升迁。到了1958年，因思想保守被贬。又由于想不通，自杀了。

这人叫于闹。听说他小名就叫“闹儿”，1953年斗争他的时候，上级批评他说：“你于闹爱胡闹，说穿了是爱出风头儿！1942年你就出过一回，侥幸闹对了，升了官，现在又想闹，没想想是什么时候？”

这个“上级”就是唐亮。那时候唐亮已升为地委书记。

埋葬于闹的时候，唐亮没参加，很多人都没参加。守着于闹的只有他的妻子和盖岚。

后来，盖岚就和唐亮离了婚。

唐亮很痛苦，不久只得和一个小他十几岁的女演员结了婚。

同　学

苑公锦号纲常，是陈州早期唯一留日的学生。他进入宏达学院后与兴中会革命人士相往来，曾参加编辑《河南》杂志，宣传革命。后来为革命需要，他毅然弃学回国，在开封搞地下活动。民国成立后，他被河南稽勋总局聘任为分局局长。不久袁世凯称帝，他被裁职，困居开封。后来他回到陈州开了间饭店，借以维持生活。但由于不善经营，不久停业。不想人到中年，日趋堕落，日近醇酒妇人。据说曾纳妇六个之多，而且是旋纳旋弃，最快速的只用了两个月。晚年他定居陈州，步履甚艰，正在走投无路之时，日本鬼子占领了陈州城。

日军驻陈州头目叫川弘一郎。未来陈州之前，日军驻开封最高司令官板田就告诉他陈州有个叫苑公锦的人，是他在东京读大学时的老同学。川弘一郎进驻陈州不久就打听到了苑公锦，并根据板田的安排请他出山，不想都被他满口拒绝。为此，川弘一郎很感窝火，决定亲自会会苑公锦。

1938年的苑公锦已年过半百，虽然穷困潦倒，但身体还可以。当时他住在朱家街西头一家民宅里，靠昔日的朋友救济度日月。那家民宅是一个方方小院，主人原在县政府任职，因陈州沦陷便随县政府去了国统区，让苑公锦为他们守院子。苑公锦没事干，整天闭门不出，写些旧体诗什么的消磨时光。那一天日军驻陈州长官川弘一郎走进那座小院的时候，苑公锦正在摇头晃脑地吟诵自己的诗句。川弘一郎给他打了两声招呼他才听到。当他看到川弘一郎的时候一下怔了，两眼直勾勾盯着面前的日本人，许久才说：“请你用华语给我讲话！”川弘一郎说我不会华语，苑公锦很摆谱地说那你就回去带翻译。川弘一郎说原以为你会日语所以没带翻译，苑公锦说那谈话只好暂时结束！结果，无论川弘一郎再问什么，他一概不理。川弘一郎虽然怒火万丈，但为着苑公锦是板田司令官的同学又无可奈何。临走时他对苑公锦说：“你要知道是板田司令官向我推荐了你！”说完，取出一张板田的标准照，放在了苑公锦的桌子上。

苑公锦一看板田的照片，虽然已老得满脸横肉但仍有年轻时的轮廓。当年在日本，就是这个板田，和他很要好。他们两个是班上最小的学友，无论从学习上或生活上板田都曾给过他不少帮助。没想到三十年过后，就是当年这位乐于助人的日本青年，竟变成了一个杀害中国人的刽子手！原来的板田君死了！他禁不住长叹一声，把照片递给川弘一郎说："我不认识这个人！"

万般无奈，川弘一郎只得向板田如实做了汇报。板田一听，很是遗憾，说："这个公锦君，竟如此糊涂！打仗是两个国家的事儿，友情是个人的事儿，怎好混为一谈呢？"

板田决定要亲自到陈州拜访一回老同学。

在暂时脱不开身之前，板田嘱咐川弘一郎一定要对苑公锦额外照顾。

川弘一郎回到陈州，遵照司令官的指示，每月给苑公锦送米送面送钱。不久，陈州人便皆知苑公锦有一个叫板田的日本同学当了大官，苑公锦会一口好日语，很可能已经当了汉奸。昔日的朋友闻听苑公锦变节投敌，深怕陪着落骂名，再不救济他。

日本驻开封最高司令官板田来到陈州的时候是一个冬日的午后。1938 年的冬天格外冷森，板田穿着将军呢大衣和黑色的长筒皮靴踏着积雪走进了苑公锦住的那个小院。川弘一郎推开苑公锦的卧房房门，苑公锦正在被窝儿里睡觉。川弘一郎走到床边，轻声说："苑先生，板田君特地从开封来看你了！"

苑公锦一动不动。

川弘一郎深感疑惑，轻轻推了苑公锦一把，只见一张照片从他的手中滑落。

那是三十年前苑公锦和板田在东京时的一张合影。照片已经发黄，但照片上的两名青年都笑得真挚而坦诚。

“他已经死了！”川弘一郎遗憾地说。川弘一郎说完望了望那一堆自己派人送来的东西，又说：“他可能是饿死的！”

板田面色阴暗地走过去，一直走到床前，轻轻叫了一声：“公锦君！”

板田很恭敬地给苑公锦鞠了一躬！

呆　五

陈州有个大汉奸，叫戚如金，因卖国求荣，深怕别人暗算，为防不测，特雇了几个保镖。保镖们各有绝招儿，多是远近闻名的人物。队长叫阮六，有一手好枪法，外号“快枪阮”。他从掏枪、连发两颗子弹，到击中十丈内的移动目标，只需六秒钟。另一位身高六尺有余的胖子用其庞大的身躯作肉盾保住主子，其他队员迅速组成一道防卫人墙，而这一系列动作，只需眨眼间便可完成，可见其神速。

那位号称“肉盾”的大胖子叫呆五，陈州南关人。呆五并不呆，而且会武术，力气大，二三百斤重的石磙能双手举过头顶转几遭儿。只是由于家穷，才出来干这替人卖命的活计。

戚如金为虎作伥，罪大恶极。陈州抗日支队为掀起抗日高潮，决定不惜一切代价要除掉这个大汉奸。抗日支队的司令姓薛，也是陈州人，和戚如金还有点儿亲戚关系。他几次召开会议，研究除奸方案。众人议论纷纷，说什么“快枪阮”流氓好对付，因为这些人多为地痞流氓，早已成为公害，也属不杀不解民恨之列。难就难到呆五身上。因为呆五也是穷人，没什么恶迹，为人当保镖只是挣钱糊口，作为共产党领导的抗日队伍，应该把呆五列为团结对象，不能枉杀无辜……最后，薛司令决定派人先去暗地见一见呆五，对他讲明抗日救国的道理，申明大义，最好能让他予以协助，最低也得让他不找麻烦；如他执迷不悟，我们也算做到了仁至义尽！

去的人是个小队长，姓金。金队长化装一番，悄然潜进城里，在呆五家等了半天，才见到呆五。呆五一听是抗日支队派来的人，并不惊慌，反安慰金队长说：“你放心，我不会告密的！”金队长一听呆五良知未泯，不是阴险之辈，信心增了不少。他给呆五讲了许多道理，最后要求呆五主持正义，协助抗日支队为陈州人除害。

呆五听后笑了笑，问金队长：“如果我去枪杀你的主子，你怎么办？”

金队长张口结舌，面色发窘好一时竟没回答上来。呆五的问题着实不好回答。

呆五说：“戚如金是好是坏，每个人都有一本账！但我作为他的保镖，又甘愿为他牺牲，就说明他待我不薄！他虽然投了小日本，成了汉奸，但也不是样样都坏。我是穷人，本该如你所说，要有骨气，别忘自己是中国人！可我要吃饭，要养老养小，一天没事干，我就没饭吃，就会饿死！我呆五虽是凭玩命吃饭，但也想保好人，保包青天什么的，既挣钱又能落个好名声！可有吗？眼下的有钱人有几个好的！不错，你说你们的司令、政委是好人，可他们能月月给我大洋让我养家糊口吗？”

金队长惊诧不已，万没想到呆五不呆，什么都懂得！世上人怕就怕明白人硬充不明白！因为用不着你去教育，他什么都懂，只是为了铁的现实他不得不为之！金队长叹了一口气，惋惜地对呆五说：“我已经把话挑明，该怎么做你自己想吧。到了关键的时候，别怪我们就行了。”

呆五一揖：“请便！”

金队长走了。

薛司令听了汇报，面色发白了好一时，叹气道：“呆五好可怜！”

但为了抗日大局，也就顾不得什么呆五呆六了！

一天凌晨，城内底线送来情报，说戚如金母亲生了病，老太婆信神，命儿子去太昊陵求神拜佛。戚如金是个孝子，必去无疑。薛司令认为时机成熟，急忙挑选十多个精干的队员，由金队长带领，化装潜入了太昊陵大殿里。去的人装成香客，先到佛祖像前磕头朝拜，然后劝说和尚脱下袈裟，由一名剃了光头的队员穿上，其余的人全都藏在神像身后，单等戚如金到来。

临近中午，戚如金果真带着“快枪阮”一伙走进了太昊陵。“快枪阮”一伙前后排开，呆五左右不离戚如金，双目瞪得如铜铃。戚如金先到偏殿内饮茶净手，然后才让人托着香盘向大殿走来。

因为正值战乱时期，太昊陵内香客稀少。除去单调的木鱼声，大院里静得要死。

化装成和尚的队员见戚如金走进大殿，急忙双手合十，盯着一群人移动的脚。几个保镖进殿后就急促地散开，察看殿内有无异常。呆五前后不离戚如金，手中的枪早已扒开了机头。

戚如金跪了下去。

呆五把香火递给了那个“和尚”，“和尚”接过香火，放在香案上，然后开始猛敲木鱼。

木鱼声就是信号，按照方案，藏在西北角的队员先弄出了响声。“快枪阮”一听到响声，手起枪响，高喝：“什么人?”然后就带弟兄朝西北角跑去。与此同时，藏在神像后的队员全部现身，一齐开火，打死了“快枪阮”和他手下的弟兄。

戚如金吓成了一摊泥。

呆五已明白了是怎么回事儿，急忙扑在了戚如金身上。化装成和尚的那个队员一脚踢去，下了呆五的枪，然后守住殿门。队员们跳下神台，包围了戚如金和呆五。

这时候，呆五慢慢地站起身，对队员们说：“他已经死了！”果然，戚如金的后心上有一把匕首。

呆五望了众人一眼，然后拔出匕首，血蹿如柱。呆五抚摸着主子的伤口，半天没说话。突然，他又重新扑到戚如金身上，大声疾呼：“如果你们够朋友，就赶快乱枪打死我！”

队员们面面相觑，都没有动。金队长劝呆五说：“事情到了这一步为何还要这般，跟我们走吧！”

“跟你们走，我的一家老小吃什么？”呆五双目充火，迫不及待地叫道：“戚如金的老娘说过，只要我们是为他的儿子而死，每人的家属可得到五百大洋抚恤金！五百大洋啊，够我娘他们吃半辈子！”

“我们真不忍心枉杀无辜，何况你已对抗日做了贡献呢。”金队长仍在耐心劝说。

呆五再不说话，突然一趔身，又从腰间掏出一把枪来，对准了自己的胸膛说：“我知道你们都是好人，我不会伤害你们！只是人各有志，不可勉强！如今我自己砸了自己的招牌，再不会有人雇我当保镖！为了我们全家能得五百大洋活下去，求你们成全我，一齐朝我开火！”说完枪声响，呆五倒在了血泊里。

可是，没有人开枪。

队员们面色铁青，在呆五身边站了许久……

大汉奸戚如金毙命，一下子轰动了陈州城。

戚如金的老娘为捞回面子，支撑着病体埋葬过儿子之后，派人给“快枪阮”等人的家属各送去了五百大洋。

只是没有呆五的！戚母说，呆五身后没枪洞，而且手中有枪，令人怀疑……

消息反馈到抗日支队时，那天执行任务的队员面面相觑，都觉得欠了呆五什么。

后来薛司令知道了详情，惋惜万分，连连说：“这个呆五！这个呆五！”

那时候，虽然抗日支队吃穿十分艰苦，但薛司令还是派人给呆五家送去了二十块大洋。

追　魂

抗战第二年，颍河镇驻扎着马鸿魁的一个骑兵旅，旅长也姓马，至于是马什么，已无多少人记得。众人只记得那马某不但个子海高，且肥胖，人称“大肚子旅长”。

据说“大肚子旅长”体重近三百斤，行军打仗，一匹战马顶不得，需双马轮班驮，仍累得气喘吁吁。

马旅长为一介武夫，打仗极有种。每逢紧急关头，他均是扒光脊，抡双刀，真可谓赤膊上阵，冲锋在前了。由于他身先士卒，因而训练出的兵也格外顶打，连日本人都惧怕三分。

这一年，日本人为吃掉这颗眼中钉，特从开封偷偷调来一个联队，协助驻陈州的鬼子围歼马部骑兵旅。日本人很狡猾，为不走漏风声，运兵的时候，让士兵全部躺倒，远看像空车，很能迷惑人。

那一天的遭遇战在许湾南边的一个大洼里，十里大洼没有村庄，且是一马平川无遮无拦。日本人调动了小炮和坦克，气势汹汹地朝马旅扑来。一时间，枪声炮声马嘶声喧嚣得如同又稠又浓鼎鼎沸沸的一锅粥！

开初的时候，马旅长以为只是陈州城的鬼子，并没把他们放在眼里。日本人爱打硬仗，吃亏必报复，因为与马部交锋以来场场吃亏，想必已到了穷凶极恶的地步！马旅长先是按兵不动，等敌人靠近了才发起进攻。敌我双方在一瞬间搅在了一起，日军小炮失去威力。十里大洼内只有厮杀声、马叫声和钢刀劈骨的“嚓嚓”声。

鬼子兵越来越多，马旅长的人越来越少。

仗打得极其残酷，直杀到天昏地暗，日寇横尸遍野，马旅也只剩下百十个人了。马旅长打仗身先士卒，旅部指挥官自然都要参战。只剩下马旅长和一个参谋了。那参谋几次劝说马旅长撤退，可马旅长早已杀红了眼。他扒去上衣，露出肥胖的光脊，然后抡起双刀，大吼一声，战马如离弦之箭，冲进了一片火光之中。只见他刀落之处，如抖红布；马到之处，如放高粱。士兵们见旅长不畏生死，顿生勇气，一齐杀向日寇，天地一片鲜红！

日寇团团围住了马旅长余部，形势险恶之极。参谋杀到马旅长跟前，大声呼唤：“旅座，撤退吧?!”马旅长杀性正浓，大吼：“此时不杀，还待何时?!”没想到这时候，马旅长突然中弹身亡，倒在了血泊里……

那参谋立即下了撤退的命令。

天明时分，剩下的士兵狼狈地逃到周口西的一个村头小树林里，才止了马蹄。参谋命令大家休息。这时候，一个士兵突然举枪对准了那参谋，大声说："弟兄们，马旅长是他打死的！"

士兵们大惊，如梦方醒，怒视参谋，全都举起了枪。

参谋大骇，面如土色，望着一双双喷火的眼睛，声嘶力竭："弟兄们，你们想想，我不打死旅座，你们能会有活命吗?!"

没人回答。

"是我救了你们的命呀!!!"

枪声响，参谋成了马蜂窝……

魂 炸

陈州城南关有一卖包子的，姓段，排行居三，人称段老三。天上有八仙，地上有老三。论说他应该有个好日月，只可惜，父母下世早，弟兄三人数他小。老大老二娶妻生子分开另住，只剩下他一人守老宅。年近三十未混上妻室，亦算是个苦命人。

老三的包子很有名声，人实性，做生意不会兑假。虽获利小，但卖出了门头。他卖包子是串街，从不死守阵地。盛包子用笆斗，上面盖着特制的小棉被，边走边吆喝："买包子喽——段三哩！"众人认得他的腔音，听得他喊，便禁不住想掏钱。

尽管生意红火，但老三一天只蒸三锅：早起、中午、傍晚，卖完为止。傍晚是卖夜宵，天擦黑，他便手提太谷风灯，臂扢笆斗出家，一路高喝，从南关到城里大十字街，一个来回便能卖光，然后打道回府，一觉睡到天喷明，头锅包子出笼正好赶集。

这一天，段老三夜里做了个噩梦，吓得他出了一身冷汗，破例起了个晚。等包子出笼扛出去，集已散头。他慌慌张张赶到十字街，刚要高喝，忽听有人喊："日本鬼子来了!"老三抬头北望，只见一片尘雾，雾中奔腾着东洋大马，柳叶刀一闪一明……人们如潮水般四处奔逃。老三魂飞魄散，也顾不得笆斗包子了，随着人流没命死跑。马蹄声越来越近，战马嘶叫，如同鬼嚎，令人发瘆。一时间，枪声、刀声、人头落地声、躯体倒落声从耳后传来，身子如腾了空，飞了起来……

段老三几乎以为自己逃脱了险境，可就这时，他突然感到脖子猛然一凉，硬生生地挨了一刀。他不清楚自己的头是否落了地，死的恐怖虽然在周身弥散，但他的腿还在跑——灵魂在跑。

他的灵魂如箭般奔飞，从喧嚣跑进寂静。太阳一下沉没，四周全是月色。他终于跑进了一个小小的集镇，喘息着。他觉得口干舌燥，抬头看，见许多人围着一户卖汤的。那汤不要钱，像大户人家放赈。他挤上去，要了一碗，正欲喝，忽听又有人喊："日本鬼子来啦!"他惊慌失措，慌忙扔了碗，又没命地奔逃。冷风飕飕，四周全是脚步声、叫喊声、喘吁声，仿佛还有马蹄声……突然，他的前面出现一座红门，赤色闪闪。

他无路可走，便一头撞了进去……

一股血腥气扑鼻而来，他顿觉一片光明。他第一眼望见的是那黑色森林般的生命之门——他一下明白了，自己已经死过了一回，没顾及喝那碗“迷魂汤”，就脱生了。

他被包进襁褓里。他发现自己的手非常小。他想说话，但不敢说，只能用“哇哇”来代替。一个满脸皱纹的接生婆乐呵呵地对床上的女人说：“是个带尾巴的。”

他突然明白自己又是一个男子汉，悬着的心开始平静，觉得这下保险了。他感到一股暖意，原来那个病弱的女人——他的母亲正用枯手抚摸他的小脸。母亲甜蜜而幸福的笑，使他感受到了母爱的伟大。

突然，只听到马声嘶嘶，接生婆惊恐慌万状地叫：“不好，日本鬼子来啦!”

一双手抱住他，拼命地朝外奔跑。刚出大门口，只见骑兵已经进村。他想挣扎着跑开，但母亲紧紧箍住了他的灵魂，给他以安慰。

一阵马蹄声飞驰而过，无数顶钢盔在闪烁。只听“噗”的一声，不知是什么东西落了地，他睁眼看看，是母亲的头颅。但母亲未倒，双手紧紧搂着他——她刚生下的婴儿。

一个鬼子又踅过来，一把夺过他，抖了襁褓，只剩下一个瘦弱的赤身。他望了望母亲，无头母亲仍在站立。他哭着叫了一声："娘!"娘倒了下去。日本鬼子为此震惊，像获得了宝贝，"哈哈"笑着，一手高举婴儿，一手勒缰朝村中跑去。

村中全是鬼子，正围着一堆大火烤鸡烧鸭。那鬼子把他带到场地，用日语叽哩咕嘟一阵，众鬼子惊奇。一个翻译模样的人走过来，问他说："小孩儿，你会说话?"

他愤怒至极，高喝："日本鬼子，我操你们祖奶奶!"幼小的童音刚落，一只幼小的手抠住了那鬼子的眼睛，直抠得那鬼子的眼珠掉了下来，血淋淋的。那鬼子哀号着，把他扔进了火堆。

他的灵魂躲在那幼小的躯体里，怒火急促地燃烧，变成了强大的气体，使那躯体的小腹无限地膨胀……愤怒地炸响。火光烧灼了几个鬼子的脸，到处是痛苦的怪叫声……

李纯阳

李纯阳是陈州李集人，早年就学于私塾，后进陈州师范读书，后来又到开封东岳艺术学校求学，在学校加入了共产主义青年团。1927 年 5 月，还到武昌农民运动讲习所学习过。然后就以老乡的身份，在吉鸿昌麾下做党的地下工作。

1930 年，冯玉祥下野后，蒋介石为达到改编、瓦解吉鸿昌部队的阴谋，委任吉鸿昌为二十九路军总指挥，调驻河南潢川，围攻共产党的鄂豫皖根据地。在与红军作战中，吉鸿昌连连失利，对其震动很大。就在吉鸿昌进退两难之际，李纯阳对吉鸿昌直言相告，说是蒋介石对他明升暗降，调往河南的目的就是让他卖命当炮灰，接着又全面、客观地分析了吉鸿昌的处境，指出：“唯一的出路就是与人民为友……”终于使吉鸿昌走上了革命道路。

抗日战争爆发后，李纯阳又奉命到陈州抗日支队任政委。

陈州抗日支队的队长姓薛，叫薛冰。薛冰比李纯阳大几岁，一直在陈州做地下工作。原来薛冰的公开身份是县立中学的体育教师，在学校里发展不少青年学子参加了革命，后来支队一成立，这批人便成了支队的骨干力量。李纯阳虽然是陈州人，又是上级党派来的，但在这些人心目中仍然是“外人”。虽然是革命队伍，可宗派思想多多少少是不可避免的。好在李纯阳在武昌农民运动讲习所学习过，闯过革命大世面，见过毛主席，所以支队的干部战士都很尊敬李政委。这当然与薛冰带头尊敬分不开。由于以上原因，薛冰很害怕别人说他搞宗派，所以处处小心。每回支队开会，薛冰总让李纯阳先讲；每逢县委或地委开会，薛冰又总是让李纯阳代表支队发言；有人汇报工作，薛冰也总是让下属给李政委汇报……薛冰这样做当然是“避嫌”，出发点是好的，没一点儿恶意。不想队长“避嫌”，下属们也跟着“避嫌”，从干部到战士，每个人对政委都很尊敬，每个人对政委都极关心。吃饭时，有人会问：“政委吃了没有?”睡觉时也有人会问：“政委睡了没有?”……事无巨细，众人皆把政委放在了第一位。这样李纯阳就觉得受不了，大会小会都讲：“我是来打鬼子的！我不是来做客的。”他私下跟薛冰交换意见，说：“老薛，你是队长，我是政委，工作要有主有次。有些事儿是你主我次，有些事儿是我主你次！更多的事儿是取得一致，啥事儿决不能都让我越俎代庖!”薛冰说："支队里的人大多是我的学生，我是怕他们亲疏有别，所以要树立你的威信！"李纯阳说："威信是通过个人努力才能树立的，虽然需要你的帮助，但绝不是包揽一切！"薛冰笑了笑，说："不管怎么说，我决不能让人怀疑我是搞宗派！"薛冰虽是教师出身，但是教体育的，身上很少夫子气，打仗非常勇敢，有勇又有谋，但就是政治上有些不老练，唯恐别人说闲话。尽管李纯阳一再提出同志间客气是必需的，但不可过度。薛冰表面接受意见但仍是改不了，一见李纯阳就客客气气。队长对政委客客气气，战士们对政委更是客客气气。天天处在"客人"的位置上，李纯阳就受不了，觉得很"假气"，觉得薛冰在"外"他。

万般无奈，李纯阳便向上级汇报了思想，要求调出支队，再去更艰苦的地方开展工作。上级问他原因和理由，他一直不说，问得急了，才吐出心声。上级看了他一眼，说："一切全怪你自己！你身为政委，却调整不好战士们与你本人的关系，何谈你去开导别人？你光说薛队长和战士们对你客气，你是什么心态对他们的？不也是客客气气吗？"

李纯阳挨了批评，一夜未睡。他过去多做地下工作，而对的多是敌人，用不着婆婆妈妈。现在对付敌人只用武力，而对待自己人却也如此伤神，这是他始料不及的。仔细想想，上级说得是有道理的！这些天，自己于下意识之中，老担心薛冰

“外”自己，所以看什么都显得做作，疑神疑鬼。为防止战士们“外”自己，自己也就客客气气，唯恐被“孤立”了。其实，仔细一想什么事也没发生，全是自己把事情看得过于严重了。

这以后，李纯阳恢复了正常，对谁都是该客气客气，不该客气不客气。自己一不把自己当客人，心态就变成了“政委心态”，工作起来倒也十分顺利。薛冰呢，为了团结同志，仍是时刻警惕自己。警惕自己的主要表现就是全力支持政委的工作。慢慢地，他客气得成了习惯，事事都要有政委表态才觉得心里踏实，时间长了，就有了某种依赖思想，逢事儿没李纯阳表态，仿佛就没法决策一般。也就是说，除去打仗以外，李纯阳代替了薛冰思考。

由于有人替自己动脑筋，薛冰越来越勇多谋少了，逢当没有李纯阳在场，就显得优柔寡断，没有了过去的果断作风。

而这一切，却始终未能引起李纯阳和薛冰的足够警惕，于是就酿成了 1942 年夏天的悲剧。

事情发生在“五一”前后。为粉碎日寇的“五一”扫荡阴谋，共产党豫东特委专门在太康马厂召开了一个会议，陈州支队政委李纯阳接到通知后立刻就和两名队员动了身。大概就在李纯阳走的当天下午，日寇的扫荡突然提前进行，陈州抗日支队被围困在了东城湖内。

枪声激烈又缠绵，急促地在东城湖周围构成一道火墙，然后倾斜下来，像谨慎而无情地收拢着的罗网一般，在骚动不安的间歇中沿着湖边的树林和低洼的淖地向前移动。偶尔传来的爆炸声震耳欲聋。根据声音持续的时间，可以估计出以东城湖为中心的包围圈正在缩小。而且日本人这次像准备了足够的耐心和稳妥，只是紧紧地围着，并没有马上要解决战斗的样子。他们仍然实行了“铁壁合围”的残酷战术，烧毁了陈州以东近百个抗日支队的“堡垒村”。

除去李纯阳和两个警卫外，陈州抗日支队全部被围困在东城湖里。又给养不足，抗日支队第一个面临的就是吃饭问题。

好在陈州东城湖比杭州西湖还大，内里又长满了芦苇和蒲草，便于与日本人周旋。日本人的汽艇只能在没有芦苇和蒲草的水域内游弋，进不到芦苇深处，这当然也是日本人遇到的最大障碍。为消灭陈州抗日武装，日寇像是下了很久的决心，烧毁了湖周围所有的船只，决心要把抗日支队困死在东城湖之中。

李纯阳在外围焦急万分，若根据他的决策，应该很快组织突围，决不能坐以待毙！因为日寇扫荡初始目标很大，完全可以趁混战跳出敌人的包围圈。这下可好，错过了战机，敌人目的十分明确，就是将抗日支队困死在城湖内。

对这些问题薛冰队长当然也十分清楚，作为指挥员，他可以说对战争有着特有的机智和勇敢。如果政委在身旁，二人肯定会心有灵犀一点通，一拍即合，极快地带领同志们走出险境。可没有李政委在身旁，薛冰竟开始怀疑自己。第一个方案出现后，由于没有李纯阳做佐证，他马上否定了自己；接着又出现第二种方案，又由于没政委鉴定自己方案的正确性，便又开始了第二种否定……就这样否来否去，他突然感到思想很孤单，没了依靠和参照，显得飘忽不定。于是他就变得犹豫不决，始终不能下决心突围……

战机就这么在薛队长的犹豫中错过了。

被困已经十几天了。

百十号人分别坐在十几条木船上，从这片岛屿迁入那片岛屿。他们不能生火，干粮早已吃光，仅靠蒲根维持生命。吃生蒲根喝生水，不少队员拉肚子。好汉子搁不住三泡稀屎，拉肚子的队员个个面色发黄，刮风就能吹倒的样子，早已丧失了战斗力。

这样下去，只有束手就擒！

为此，薛冰很着急。

李纯阳更急，他在外围等了十多天一直不见支队突围，便决定冲进包围圈内去寻找同志们。他写了一封信，派一名队员送到特委求救，然后就和另一名队员冲进了包围圈。

薛冰一见政委，顿然有了精神。

二人一拍即合，决定趁黑突围。

薛冰也在拉肚子。薛冰对李纯阳说："我带着拉肚子的人，由我们掩护你们，向东突围。"政委不同意，政委说："你们身体虚弱，应该由我们掩护你们。只要突围出去，我们仍可以在湖里坚持。等你们养好了病，再里应外合打出去不迟。另外，我已经派人给特委写了鸡毛信，如果情况不是十分吃紧，特委会派人来帮我们一下的。"争来争去，队长争不过政委，只好按政委说的计划办。政委李纯阳组织好不拉肚子的队员，挑选几名船手，拨给薛冰，然后就带领没病的队员向西划行，佯装突围。

不一时，西边湖里就枪声大作。

枪声一响，薛队长急忙命令所有船只向东挺进。敌人果然中了李纯阳的声东击西之计，使得队长他们突围成功。

可做梦未想到，薛冰他们一上岸，迎接他们的是满目焦土。队员们互相搀扶，走五里不见人烟，走十里不见人烟。到处是烧焦的房屋、树木，到处是腐烂的尸体……队员们找不到一点儿吃的，喝不到一口干净水。他们又渴又饿，病情越来越重……一个队员倒下了，又一个队员倒下了……剩下的队员围着队长，问他怎么办？由于政委不在身边，薛冰又一次陷入了犹豫不决，最后说："突围时政委要我们向东突围，就一直向东吧……"

走五里不见人烟，走十里还不见人烟……

一个队员倒下了，又一个队员倒下了……最后，薛冰也倒下了……

结局是意想不到的悲惨！

一个星期后，豫东特委派来了武工队，与陈州支队里应外合，终于粉碎了日寇的阴谋。李纯阳带队到处寻找薛冰和同志们，可做梦未想到他们寻到的却是一具具腐烂的尸首。望着倒下的薛队长，李纯阳万分悲痛。他怎么也想不通，东边没有老百姓，薛队长为何不向北或向南呢？

“三十七条人命啊……若有老百姓，怎么会呢？”李纯阳痛苦万分地说。

李阳龙

李阳龙，字腾飞，清光绪八年出生于陈州南颍河镇的一个贫农家庭中。其父早逝，其母何氏含辛茹苦，抚育弱孤。李阳龙幼小时，常在颍河坡里放猪割草，协助家庭劳动，由于家贫，仅读了两年私塾便停学了。但他好学心切，一边种庄稼，一边勤奋自学，常向同族中一位教师请教。李阳龙十五岁时，他到陈州城一家染房中，先当学徒，后当工人。乡下人在城里做工，常常受到欺负，特别是一些纨绔子弟瞧不起乡巴佬，屡屡寻机生事。李阳龙秉性刚烈，从不逆来顺受，团结了一批乡下工人相对抗。光绪二十七年的春节，颍河镇农民要了一条龙灯进城，路遇陈州城里一些富豪子弟的龙灯，各不相让，打起架来。李阳龙带着一帮染房的乡下工人会合颍河镇的龙灯队，打伤了一些豪绅富商的子弟，因此被染房辞退。当时，正值八国联军打进北京，慈禧太后逃到西安，陈州也传闻频频。李阳龙深以国家腐败衰弱为耻，又因陈州灾祸频繁，母老妹幼，难以为生，便决心出走他乡谋生路。

李阳龙为商家当挑夫到了汴京。

李阳龙到汴京的第二天，赶巧是“鬼节”。

汴京人把七月十五日称谓“鬼节”。不过这鬼节和“清明”“十月一”不同，它是专门超度那些天不收、地不留的泼头野鬼。这一天地藏寺（供的是地藏王菩萨）要举行“盂兰会”。

“盂兰会”来源于“盂兰盆”。据《辞源》说：“盂兰盆，梵语，盂兰本云乌兰。此鄱救倒悬之苦也。昔日连之母入地狱，食物入口，即化烈火，佛教作此以度其难。世俗七月中元日延僧结盂兰盆会，诵经施食，义起于此，俗谓之放焰口。”汴京的盂兰会的内容有二：其一，请相国寺高僧筑法坛，诵经施食，也就是说，要放焰口；其二，放河灯。

河灯是用彩色油纸做成茶花状，里面放上一盏油灯。在大船上一群和尚身披袈裟，列在两旁，敲打法器，长老居中，双手合十，两眼微闭，口诵真经，小和尚则把船上备好的河灯，一盏接一盏地放入河内，让其顺流而下。天上月明星稀，水中灯火闪烁，相互辉映之中，便多出一层阴森的气氛。

1900 年是庚子年，八国联军 6 月 17 日攻占大沽炮台，7 月 14 日攻陷天津，8 月 14 日攻陷北京，烧杀抢掠，无恶不作。中国人死伤无数，到处是无家可归的冤魂。所以，那一年的河灯放得格外多。由于河灯多，小和尚就不够用，于是便临时雇用了几个小工，剃光头，穿上和尚服装，帮助小和尚放河灯。

那时候，李阳龙刚到汴京，正找不到活干，便去化装成和尚放河灯。

放河灯是两个人一班，与李阳龙搭班的和尚法号智慧。智慧很年轻，还不足二十岁，长得像个姑娘，两只大眼睛一闪一闪的，皮肤又白又细，与其相反，李阳龙就显得更加粗犷。这一粗一细两个年轻人，却配合默契，得到高僧的夸奖。放完河灯后，智慧和李阳龙就成了十分要好的朋友。经智慧作保，李阳龙便在相国寺内当了清洁工。

清洁工的任务是打扫院落，掏厕所，清理香灰。相国寺一直香火鼎盛，战乱时期也不例外。所以，相国寺的香灰每天都积很多。香灰是变变蛋的好料，所以小商小贩常来讨要。只是香灰内藏有火种，弄不好会发生火灾。再加上小商小贩儿们觉悟低，常因抢掏香灰在神的面前干仗。主持为保寺院静地，就不许掏香灰者入内，而派了专人负责。李阳龙的任务就是这个。他先用铁桶把香灰拎到寺门外一个僻静处，冷凉，再让小商小贩们弄走。活虽不重，但挺脏，尤其是遇上风天，热香灰裹着火星到处乱飞，身上常常被烫伤。有时候灰少讨灰者多，就时常为此争吵不休。按规定是灰凉透后才允许小贩儿们弄走，可有的小贩等不及，早早地来，一见李阳龙拎桶出来，就迎上去接过倒进自己的家什里。火星在灰内隐藏时间长，见风又燃，着了家什，差点儿酿成大的火灾。为此，街警查到相国寺，警告主持不可再将香灰外流，要流必得过夜之后，第二天才能倒出。如此一来，李阳龙的活儿就重了一倍。每天晚上先将热香灰掏出，拎到庙内角处，还要看守半宿，第二天一早再折腾一遍，一桶一桶将香灰拎到寺外倒掉。就这样，李阳龙一天到晚除去扫院落掏厕所就是跟灰打交道，所以，他的身上脸上常是灰蒙蒙的，给人很脏的感觉。

干脏活粗活，衣服就烂得快，不久，李阳龙从陈州老家穿来的那身衣服就全烂了。没钱买新衣，就穿和尚们的旧衣服。和尚的衣服全是和尚服，也叫袈裟。李阳龙穿袈裟时间一长，外人都认为李阳龙是个和尚。所以，汴京人就给他起了个外号：脏和尚。可由于他没剃度出家，相国寺里的花名册上一直没他的名。就这样，李阳龙在俗人眼里是和尚在和尚眼里是俗人，成了天不收地不留似的人物。

可谁也想不到，这时候的李阳龙已参加了革命党。

1907 年，陈州革命党人吴公锦从日本留学归来，在开封西街创办“大河书社”，对外以出书售书为名，对内联络同盟会员及开明人士，积蓄革命力量，为推翻清王朝做准备。

经人介绍，李阳龙认识了老乡吴公锦，接着，就参加了同盟会。

李阳龙参加同盟会后，仍以“脏和尚”为掩护，出入敌穴，刺探情报，回回得手。1911 年 10 月 10 日，辛亥革命在武昌爆发，河南同盟会积极响应，决定于 12 月 22 日夜举义，并成立了民军先锋队，李阳龙报名当了先锋队员。12 月 22 日，民军先锋队埋伏在开封南关陆军营盘附近，严阵以待。不想就在起义即将爆发之际，被义军内巡防营统领柴德贵出卖，突遭汴军包围，不少将士在激战中牺牲，起义失败，不少革命者惨遭杀害，唯李阳龙幸免于难。

李阳龙大难不死的原因，就为他是个身份低下的“脏和尚”。

不久，孙中山领导的国民革命胜利，未死的革命者大都当了官，可就李阳龙仍在庙内掏灰。为此，李阳龙心中很憋气，心想自己也曾革命一回，为何不能弄个官儿干干？于是，他就去新政府问个明白，可惜能证明他身份的革命者全死了，而活着的革命者皆不认得他。看到前来邀功的李阳龙，很是瞧不起地对他说：“孙总理领导的是资产阶级革命，同盟会员多是豪门子弟和社会名流，你如此无产阶级，怎能会参加我们的革命？”

一句话，“噎”得李阳龙半天没接上话！

李阳龙参加同盟会只是经人介绍，一没发证书，二没举行仪式，而且多是与人单线联系。后来虽说也参加了先锋队，但当时是夜间集合，就是有几个认识他的人也牺牲了，李阳龙空口无凭，不能证明自己是革命者，只得重回相国寺掏灰。

后来，袁世凯夺取了革命果实，命表弟张镇芳到河南任总督。张镇芳为配合袁世凯称帝，就打着革命的旗号，在老同盟会员中拉拢一批势力，也就是培养自己的党羽。张镇芳和袁世凯一样，老乡观念特重，先派人四处调查，看同盟会员中有多少项城和陈州人，几经查询，竟从吴公锦家中寻找到一份汴京同盟会员花名册，花名册上当然也有李阳龙的大名。张镇芳一看李阳龙是陈州人而且至今未被启用，就觉得是一个极佳人选，便派人去相国寺寻找李阳龙，不想去的人不一时就回来报告说：“李阳龙已经剃度当了和尚。”

张镇芳很是替李阳龙惋惜！

方恒惕

陈州清真寺的阿訇姓方，叫方恒惕，回族，汴京人。出身贫苦，十二岁时投靠亲友，在汴京文殊寺会经求学。四年后又在市善义堂跟随学识渊博的常阿訇深造。因家庭贫寒，整天食不果腹，衣不保暖，学费多靠亲友资助。他没有经书念就克服重重困难，借抄他人的经书。他孜孜不倦，刻苦钻研，成绩优异，名列前茅，经常受到常阿訇的赞扬。

由于方恒惕在学业上成就突出，即先后应聘到善义堂和辛庄清真寺挂帐坐位，历时三年。在此期间，当地社头和穆斯林都给予很高评价。旋应聘到开封市郊张庄清真寺坐位讲学，长达六年之久。之后他又到豫北封丘县海庄清真寺挂帐。

陈州是一座回族聚居的古城，南、北、西三关皆修建有清真寺。1926 年，陈州广大穆斯林推举有名望的社头教人，前往汴京聘请方恒惕阿訇来陈州北关寺坐位，直到他去世为止，长达十二年之久。

旧世道，由于封建统治阶级推行“大汉族主义”，对于少数民族加以歧视和压迫，致使不少回民生活无着，到处乞讨。方阿訇在陈州坐位期间，对住在寺内的这些“跑撒依”的穷苦回民，在自己的生活并不富裕的情况下，均尽力资助。此外，他还利用回民到清真寺做礼拜，特别是回族三大节日（即开斋节、小尔德节、古尔邦节）的机会，向广大穆斯林讲扶困济贫的重大意义，发动他们捐献财物，救济穷苦穆民。

不料到了1938年的冬天，日本人攻占了陈州城。日本人在攻打陈州时，使用了燃烧弹，烧毁了城中回民聚居的一大片房屋。于是难民纷纷拥入北关清真寺内，方恒惕打开所有房屋，一下接纳三百人之多。这么多人一下拥进，光吃喝拉撒睡就忙得不可开交。好在那时候他的儿子方殿基年已二十，帮了他不少忙。其实，忙一些方阿訇并不怕，他最担心的是日本人前来挑起事端，固然他怀中揣有一张守备司令部川原弘举长官的手令。那手令上说，任何日本大兵不得进入清真寺。据说日本人每攻占一座城市，都要给教学神甫和清真寺阿訇这么一张纸条。方阿訇自然把它当成了护身符。可做梦未想到，这几天日本人常来捣乱，而且愈演愈烈了。

据《陈州县志》载，1938年11月7日下午，几个鬼子兵打着闹着冲进了清真寺，守门的回民刚要阻挡，却见鬼子举着猪蹄、猪头、猪尾迎上来，回民们哪敢上前，只好眼睁睁地看着他们进了寺内。这几个鬼子一边狂笑一边任意戏弄回民，寺内乱成一团，众人纷纷避之如避虎狼。一个老回民见此情景气得发抖，他站在院中，高举起铜头拐杖，狠狠地打向鬼子，恼怒的鬼子将那老者推倒在地，硬掰开他的嘴，把猪尾巴塞进他的嘴里，而后乐得拍手大叫。

那老者跪在地上，老泪纵横，终于经不住这奇耻大辱，大叫一声，一头撞向青砖围墙，气绝身亡。这时刻，回民们愤怒的火山终于爆发，众人怒吼着冲上去，围着鬼子一阵痛打，当场打死一个，剩下的几个负伤而逃。

当方阿訇出来制止时一切都晚了，他望着血肉模糊的鬼子尸体，长叹一声，顿足捶胸地说："我一再告诫你们，不能跟日本人发生冲突，不能让日本人找到碴儿，可现在突然打死了日本人，他们肯定会报复的！"

方阿訇话音未落，只听外面传来一阵摩托声，眨眼间，日本人就团团包围了清真寺，大门口处架起了两挺机枪，十几条狼狗狂吠着，气氛十分恐怖。

众人都一下吓傻了，个个木然而立，呆呆地望着大门外的日本人。这时候，一个军官模样的人走到门口处，大声呵斥阿訇在哪里，方恒惕毅然走过去，说："我就是。"那日本军官望了阿訇一眼，说："限你十分钟交出凶手！不然，统统死啦死啦的！”阿訇扭脸望了众人一眼，然后走过去，拉出自己的儿子方殿基，对那日本军官说：“他就是凶手。”

众人一看老阿訇将自己的独生子交给日本人，齐声喊道：“不能啊！”言毕，几个刚才打日本鬼子的年轻人争着上前充当凶手。老阿訇流着泪水制止了他们，命方殿基走过去。

日本军官问方殿基：“就你一个人吗？”

方殿基说：“就我一个人！”

日本军官望了方殿基一眼，冷笑道：“你一个人怎能打死我们的士兵？这样吧，我先试试你的胆量！”言毕，一挥手，只见几条日本狼狗冲上来，团团围住了方殿基，望着凶恶的狼狗，方殿基吓白了脸色。大概就在这时候，方阿訇的老伴从屋里冲出来，大声呼唤着“基儿”，扑上去要救儿子，方恒惕上前抱住老伴儿，说：“为了这么多兄弟姐妹，基儿值得！”老阿訇话音未落，只听一声惨叫，几条日本狼狗已将方殿基扑倒，接下来就见一片血色，染红了每一个人的眼睛。方阿訇的老伴儿顿时昏了过去……

全体教民一下都跪了下去。

……半个月后，善良的阿訇方恒惕一病身亡，享年四十六岁。

白向臣

白向臣是项城市秣陵镇人，年少时，家庭极其贫困。那时候他全家七口人，只有两间破草房，别的一无所有，一家人的生活全靠父亲一人给地主当雇工租种地主的土地来维持，生活非常艰苦。1917 年粮食歉收，为了能活下去，八岁的白向臣就随母离家过起了四处乞讨的流离生活。1926 年，年仅十七岁的白向臣为了减轻父母的负担，求得一日温饱，只身到陈州给地主打长工。

秣陵镇距陈州百余里。白向臣打长工的地方叫劳桥，距县城很近。劳桥有个大地主，叫劳富。劳富有个女儿，叫劳琴。劳琴在陈州上中学，白向臣的任务就是每天接送小姐上学去读书。

劳琴小姐就读的学校为“河南第四中学”，陈州人多称其为“陈州中学”。陈州中学创建于光绪二十八年。那一年，清廷决定废书塾、兴学堂，下谕：“所有书院于省城均改设大学堂，府厅直隶州改设中学堂”。当时任陈州知府的刘更寿于光绪二十九年就城东南隅“柳湖书院”旧址创办了“陈州府中学堂”。学生生活费用由州政府供给，相当于禀膳生待遇。学堂经费不够用时，刘更寿常向家庭索要。其父刘铭传，曾任直隶总督，家室殷富，所以刘更寿在教室抱柱上题联：“二千石自信未能，幸淮水东流，不带渣滓污故土；七十子同心向学，看柳湖西畔，遍栽桃李待成材。”上联抒发了他热心办学的自负心情，下联寄托了他桃李天下的殷切期望。七十子，创学校时共收七十学子。当然，七十子全是男生，辛亥革命后，陈州中学才开始招收女生。又由于开封有女高，进陈州中学的女生很有限，全校只有三间女生寝室，集中了一至三年级的住校女生，门前写着很大的木牌：女生宿舍，男生止步。

有钱人家的子女，一般都不住校，有车接送，自然是一种派头，也代表某种身份。那时候，黄包车居多。学校为方便富家子弟，特建了车棚。车夫把小姐或公子送到，可以把车子放进车棚，上了锁，到校门前喝茶或打纸牌消磨时光。

白向臣自然也不例外。

那时候，陈州中学已有地下共产党在活动。地下党是劳苦大众的党，自然要在劳苦大众中寻找骨干力量。由于白向臣年轻，被物色为对象。地下党的负责人姓薛，是中学国文教师。为培养白向臣，故意让他来家干些杂活，因势利导讲一些革命道理，并教他学文化，告诉他不要浪费青春年华，要多读书，争取做个国家有用人才……

从此，白向臣便走上了革命道路。

走上革命的白向臣仍以拉车为职业，每天按时接送劳琴小姐。薛老师说职业是一种掩护，比如我，虽是地下党的负责人，但公开身份仍是国文教师。只是人一有理想，心境就不一样。比如你，同样干车夫工作，但性质已完全变了。白向臣很服气薛老师，觉得自己最大的变化是从心理上感到与劳小姐平等了。过去接送劳琴，白向臣从不敢主动与小姐说话，多是小姐问一句他回答一句。有时候，二人一天也不说一句话。现在白向臣开阔了眼界，懂得不少革命道理，知道劳小姐坐车他拉车叫“剥削”，更知道劳小姐与自己不是一个阶级，自己革命的目的，就是要消灭阶级，打倒富人。

不知什么原因，一想到要打倒劳小姐，白向臣就觉得有点儿不舍得。有一天，薛老师和白向臣谈心，白向臣就如实向薛老师说了自己的思想。薛老师听后笑了笑，说：“你既然舍不得打倒劳小姐，就努力去争取她，让她背叛她的家庭，和你一样走上革命道路！”白向臣一听这话，很是兴奋，便开始争取劳小姐。

有一天晚上放学回家，刚走出县城就突然下起了大雨。虽然有车篷，但刮的是南风，雨水把白向臣的衣服全溅湿了。劳小姐有心让白向臣避一避雨，怎奈天色已晚，又怕雨越下越大，一男一女躲在一起不太雅观，更怕父亲因此而克扣白向臣的工钱——因为事先有言，接人送人风雨无阻。若在以前，白向臣一定会逆来顺受，老老实实把小姐送回家中，然后放好车子，再到下房烘烤衣服。而现在，白向臣已懂得这种不合理的性质为“剥削”，所以就觉得自己应该主宰劳小姐，而不是劳小姐再继续主宰自己。人一旦明白了什么道理，就显得有胆量有主见，所以未等劳小姐发话，白向臣就把车子拉到城外一座古庙里避雨了。

劳小姐一看白向臣自作主张，而且专躲到没人的破庙里避雨，很生气，厉声问：“你要干什么?”

白向臣见劳小姐误会了，忙说：“避一会儿雨，等不下了再走不迟!”

“不行!”劳小姐态度很强硬，“一刻也不能停留!”

白向臣一听劳小姐发了火，认真解释说：“你看，我衣服也淋湿了，避一会儿雨有什么不好?”

“就因为你的衣服已经湿了，再避雨也属多余之举！马上掉转车头，送我回家!”

白向臣本想借避雨之机给劳小姐讲些革命道理，争取她参加革命，没想到她态度如此恶劣，阶级本性一点儿不改，地主老财的心真狠呀！白向臣极其仇恨地望了劳小姐一眼，很硬地放了车子，说："那好，你视穷苦人如鸡如狗，对不起，我要罢工了！"说完，扭脸即走。

一见白向臣要丢下自己一走了之，劳琴急了。她望了望阴森森的古庙，差点儿吓哭出了声，急急变了腔调说："你别走！算我求你了行不行？"

白向臣当然不真走，扭头问道："你答应避雨了？"

"你只要不走，我答应你！"劳琴无奈地说。

白向臣见罢工胜利，很是高兴，急忙把车子拉回廊里，开始给劳琴讲革命道理，听得劳琴一惊一乍的，半天没接一句话。

第二天，劳琴的父亲就解雇了白向臣，尽管劳琴没少为白向臣求情，但无济于事。

车夫换了个老头儿。

尽管车夫换了个老头儿，但白向臣于古庙中给劳琴讲的革命道理使她震动很大。不久，劳琴便参加了革命。

劳琴参加革命后进步很快。抗战开始，她就当上了陈州抗日支队的政委。等到全国"解放"时，薛老师担任陈州县委书记，劳琴担任了县长。由于白向臣文化水平低，抗战时期在抗日支队里当警卫员，"解放"后在县委大院里当门卫，一直到离休……

又由于他是个老革命，人们对其很尊重，送雅号为“大架”。大架，陈州方言，官架之意。也就是说，白向臣虽未当官，但已具备了当官的“架势”。

何伏山

民国元年，陈州城有了第一个西医。

这西医姓何，号伏山。杞县人，原是周口基督教内地会牧师，河南省基督教联会豫东分会会长，内政部注册医师。据说，伏山医师少读私塾，十四岁应乡试，为一位基督教牧师所器重，于1905年被推荐到开封福音医院，从英籍皇家博士学医。于1909年毕业，以成绩优异留院任医。

民国元年，何伏山只身来到陈州，创办博爱医院。初建于南关，后迁到十字街路北，设病床三十余张，高压消毒器、手术包及各科医疗器械一应俱全，尤其何医师的外科手术，响了半个豫东。

据《陈州县志》载：

1924年豫西匪首路老九攻破陈州，其部下阎豁子将何伏山绑架，何医生为其修补兔唇后，求阎释放被绑女学生十一人。

1940 年，日军入侵陈州，何伏山因拒绝医院改名，专为日军机关看病，曾一度全家被赶出医院，颠沛流离，多年积蓄的财宝文物，被抢掠毁坏一空。

1942 年，共产党地下工作者经常秘密往博爱医院送武工队伤病员，何伏山接待热情，诊断细心，护理周到。是年秋月，何伏山突然失踪，从此下落不明……

事实上，是日本人绑架了何伏山。

陈州名医何伏山被日本特务偷偷绑架到军部的时候是一个秋日的午后，那一天何医生刚刚午休起床，从外面来了一位年轻人。那年轻人拱手施礼，说是家父病重，备车请何先生出诊。何伏山救人心切，提起药箱就上了马车，接着就糊里糊涂地被绑架了。

日军驻陈州的联队队长小野非常热情地接待了何伏山，并对何伏山说："何先生，你的不要害怕！请你来的目的，是想让你为藤木中队长做一个手术！"

原来藤木受了重伤，肺叶上中了一弹，日军军医深怕手术有误，特央求小野派人"请"来了何医师。

日军军医叫川中一郎，平常很敬重何伏山的医术，十分抱歉地对何伏山说："何医生，八路军武工队以为藤木已死，所以这一次是秘密救治，让你受惊了！"

何伏山冷冷地笑笑，说："我是医生，不过问政治，救人要紧！"说完，穿上白大褂儿就上了手术台。

手术进行了五六个小时，川中一郎充当助手。何医生累得满头大汗，终于为藤木取下了肺叶上的子弹。

藤木脱离危险之后，小野仍是不放何伏山回医院，说是要何医生亲自护理，直到藤木完全康复，突然带兵出现在八路军武工队面前，然后重创抗日力量，才算重振皇军威风。

何伏山看了看小野，没说什么，放下手术刀，就让川中一郎领他去了藤木的单独病房。

通过何伏山的认真护理和医治，一个月后，藤木伤口愈合，已经能下床走动了。

"手术成功！"川中一郎高兴地对何医生说，"算我没有看错人！"

藤木是中队长，面目凶狠，打仗勇敢，已获了几枚军功章。平常时候，他常牵着狼狗上街，无恶不作，陈州人大都认得这个恶魔。这次遭到武工队伏击，险些丧命，所以他很感激何伏山的救命之恩。他深深地鞠了一躬，用日本话说："谢谢，谢谢！"

何伏山望了藤木一眼，说："你的身体已经康复，祝贺你！我马上就要走了，请你再接受一次我的全面检查！"

藤木躺在了病床上。

何伏山戴上听诊器，认真地给藤木检查着，突然，他的双手一下卡住了藤木的喉咙，等到川中一郎赶来，藤木已经伸腿儿了。

小野怒火万丈，当下让人拉出何伏山，恶恶地问："你既然想害他，为何不在手术时动手脚？"

何伏山平静地说："我是医生，救死扶伤是我的天职！我不愿我的手术刀下出现失败！"

"你救活了他，为什么又害死了他？"小野疯狂地叫喊着。

"为了我的祖国！"

"那好！今天我非要让你死在手术刀下方解我心头之恨！"小野红着双目，命人把何伏山绑在了手术台上，然后命令川中一郎活活解剖何伏山。

川中一郎穿着白大褂，手持着闪亮的手术刀走了过来。

川中一郎望着何伏山。

何伏山望了川中一郎一眼，然后就把目光挪向了那把闪光的手术刀。

川中一郎随着何伏山的目光，也开始望着那把手术刀……突然，川中一郎从手术包里取出一把手枪，对准何伏山开了一枪。何伏山嘴角儿溢出一丝微笑，胸前浸出一片红色。

小野愤怒地抓住川中一郎问：“为什么不用手术刀杀死他?”

许久，川中一郎才平静地说：“医生的手术刀下不应该出现亡灵，这是我们的天职！我之所以用枪打死他，那也是我作为军人的天职!”

张腾欢

张腾欢，原名张纳，字更新，陈州西大堤外卞楼人。其幼小丧母，自幼跟随父亲读书，七岁入私塾，十二岁进高等学堂，十五岁入省立陈州第四中学，十八岁毕业于省立陈州第二师范第二部。师范毕业后，到老子的家乡鹿邑当教育干事，接着又调到陈州县立师范教书。1935 年，经中共地下党员李梅村介绍，读过《共产党宣言》《马列主义概论》《唯物史观》等革命理论著作，开始接受先进思想。1938 年日寇进逼中原，豫东城池相继沦陷。在学校被迫急忙疏散的情况下，张腾欢冒着生命危险又到鹿邑，承担了共产党主办的抗日干部训练班的教学任务，并在那里加入了中国共产党，然后被派到陈州搞地下工作，公开身份是陈州师范附小教员。

陈州师范位于陈州西关，背靠西柳湖，湖堤绕校园半周，堤上垂柳依依。从西脚门登上大堤，遥望城湖，波光粼粼，明澈如镜。打鱼船在芦苇荡中游弋，老渔夫悠悠撒网，抡起一片日月……张腾欢当年曾是陈州师范的学子，对这里的一切并不陌生。在那风华正茂的学生时代，张腾欢总爱从西脚门走上湖堤，观光湖中景色。而陈州沦陷后，日本人在湖堤上建了碉堡，围了铁丝网，使得豫东著名学府变成了一座大监狱。

由于陈州城四面是湖，渔民很多。日本人害怕陈州抗日支队从湖上偷袭，便控制了所有渔船。偌大的城湖里，除去日寇汽艇游弋外，一片寂静。

望着满目疮痍的城湖，张腾欢心中十分沉重，他的脑际间闪现出以往的岁月和景象。春时，湖边的黑土地上布满水芹、荠荠菜；夏天，一叶扁舟送你到芦荡丛中，那里有数不尽的水鸭鸟蛋；还有秋来芦花，冬至芦苇，尤其是结冰的陈州城湖，只需一弯镰刀，一只爬犁和两个时辰，你就能收割到小山一样多的芦苇。巧手的女人，将芦苇去皮、碾压、分篾，然后飞篾走线，编成各种花色不同的苇席、苇帘、苇篓儿到市上出售，换回鲜艳的衣料，做成花色衣服，又去点缀那绿色的湖……

那一天张腾欢站在城湖边想了许多。他离开城湖的时候太阳已经西沉，张腾欢走下湖堤，从背街胡同里回到师范附小。

学校门口，有一个小姐正在等他。

这位小姐姓姚，叫姚霞，姚霞是他在陈州第二师范的同学，毕业后她一直在陈州北关小学教书，这次张腾欢能顺利应聘，与姚霞的努力有直接关系。

姚家为陈州名门，姚霞的父亲姚金禄是国民党县参议员。陈州沦陷前，国民党陈州县政府南迁国统区项城秣陵镇，姚金禄因年迈多病，怕客死他乡，便留陈州老家。为了父亲，姚霞也留在了陈州。如今那座深宅大院里，除去两个仆人外，只剩下他们父女二人了。

因为是张腾欢刚回陈州，一切还未就绪，姚家父女要为其接风洗尘。姚霞对张腾欢说，自从陈州沦陷后，老先生一直滴酒未沾，而今天为了张腾欢的到来，他要破戒喝几盅！并说女佣从早晨一明就开始忙，怕是已做了满桌菜了。张腾欢很感激地望了姚霞一眼，接着就同她一齐走出校门，叫了一辆黄包车，随同姚小姐去了姚府。

陈州古为楚地，所以城内建筑也多像江南古镇一样，窄窄的麻石小道两旁，随处可见粉墙青瓦，巷贯街连，鳞次栉比，镶嵌漏窗，镂空门罩和那层层叠叠的飞檐角，突兀多姿的马头墙。姚家大宅院位于城东北角处，很阔。可能是姚家过去中过高官，府院建筑很气派，客厅是雕梁画栋，描金飞彩，栏板斗扶。窗扇、菱花门全都是精制细作的木雕佳品，天花板上饰有绚丽的彩绘，厢房板壁配有典雅书画，厅堂之上挂着内涵丰富、寓意深刻的古楹联，条条幅幅晓人以处世哲理：

欲高门第须为善，怒上心一忍最高

要好儿孙必读书，事临头三思为妙

姚霞陪张腾欢到客厅不一时，姚老先生手拄拐杖走进客厅，见到张腾欢，双手抱拳道："恕老夫身体多病，不能亲自去请张先生来寒舍一叙，失敬失敬！"张腾欢急忙抱拳还礼，受宠若惊地说："老前辈如此高抬晚生，惭愧惭愧！"言毕，便上前搀扶姚老先生坐在太师椅上。姚老先生坐定之后，长叹一声，说："国难当头，生灵涂炭，不知张先生为何非要来这沦陷地教书不可？"张腾欢想了想回答："老前辈不知，晚生此次来陈州，实际是为着生计二字。"姚老先生不解地望了张腾欢一眼，问道："难道生计比生命还重要吗？当亡国奴的滋味儿可比饿着更难受！"张腾欢一听老先生较了真儿，很是发窘，急中生智地为自己辩解道："老前辈，实不相瞒，我来沦陷区教书并不是为了苟且偷生，而是为着我的老娘。老娘年过古稀，由于家父早亡，母亲含辛负重供我上学，现在我学业已就，却不能养活老娘。万般无奈，我方来陈州谋职，为着让娘临老多吃几顿饱饭而已！"姚老先生一听，颇感惊诧，说道："是老夫不知内情，错怪你了！"言毕，命人上席，酒过三巡，姚老先生又提出一个令人意想不到的要求，那就是要张腾欢带着姚霞马上离开陈州，干一些对抗日有用的事。至于他的老娘，他马上就派人送去一千大洋，而且日后按月供给，让张腾欢落下一个孝子的好名分。这一下，算是让张腾欢作了难。答应吧，还未请示组织，更何况自己的母亲早已不在人世，刚才只是为了隐瞒实情才编的谎言。再者，自己是为党工作的，陈州就是抗日的前线，毫无理由退却。不答应吧，姚老先生一片爱国之心，而且是真心实意捐钱为自己养活老娘，盛情难却，张腾欢有心说出实情，但地下工作的纪律不允许，又加上刚才的谎言把自己逼上了死角，不好再改口让姚老先生起疑。万般无奈，张腾欢只好推说自己已经完婚，负了老前辈的一片苦心。姚老先生一听笑了，说："我只是让你带小女离开陈州，并未许亲，这与你完婚不完婚有何矛盾?"张腾欢一听，满脸羞红，很抱歉地望了一眼姚小姐，说："我不能离开陈州，老娘也不需老前辈照顾，但老先生的一片情义晚生领下了!"

万般无奈，姚老先生只好依了张腾欢。

几天以后，张腾欢与陈州地下党取得联系，然后送姚霞去了国统区。姚霞一走，张腾欢就搬到了姚家大院，照顾姚老先生。

日本人得知姚老先生仍在陈州，便想利用他的声望让其出任维持会长。开初，姚老先生认死不答应，陈州地下党为让张腾欢打入敌人内部，就多方派人劝说姚老先生，讲明"身在曹营心在汉"的重要性和抗日急需"敌中有我"的紧迫性，姚老先生为顾大局，便忍辱负重出任了陈州维持会长。消息传出，很是轰动一时，市人大骂姚老先生是伪君子，当初留在陈州除去沽名钓誉之外，最重要的就是想借机投靠日本人，当汉奸发国难财……如此恶言污语，姚金禄却听不到。姚金禄听不到的原因是他的周围多是地下党派去的人，从保姆到炊事员，对姚老先生实行消息封闭，怕的是引起他二度反悔，不利抗日大局。

这些人大多数是张腾欢介绍的。

根据上级的指示，张腾欢也出任了姚老先生的秘书。在以后的日子里，张腾欢利用维持会秘书的身份，出入敌人内部，为抗日支队提供了许多极有价值的情报。

日本人终于发现了张腾欢的可疑。

日本人正想逮捕张腾欢之时，赶巧姚霞从国统区回来探望父亲，为把陈州地下党一网打尽，日本人借着姚霞回来之时设下了圈套。

事实上，姚金禄担任维持会长后，由于身体多病，很少去上班，许多事皆由张腾欢出面代表他应酬。姚霞回来那一天，张腾欢到车站去接她。为给女儿洗尘，姚老先生特摆了一桌酒席。事实上，那时候姚霞已参加了中国共产党，这次回来的目的是留下来协助张腾欢工作，不想一进陈州，便被日本特务盯了梢儿。

这时候，陈州地下党也获悉了日寇的阴谋，但由于张腾欢与姚霞已被敌人监视，通知他们极其困难，为营救张腾欢和姚霞，党组织便派一车夫到车站与张腾欢接头，通知他带姚霞火速离开陈州。

悲剧就是从这个时候开始的。

因为张腾欢在维持会当秘书，又因为姚霞是维持会长的千金小姐，陈州人皆把他们视为汉奸一族。所以，那一天他们逃到哪里皆得不到帮助，始终处于日本特务的掌握之中。尽管陈州地下党做了不少努力，怎奈得不到老百姓支持，张腾欢与姚霞就像没水的池内鱼一般，很快就被日本人抓住了……

第二天，张腾欢和姚霞的头就被悬挂在了城门楼上。

是年，张腾欢二十六岁，姚金禄之女姚霞二十五岁。

姚金禄得知张腾欢和女儿双双被害的消息，悲痛万分，让人买来三口白茬棺，停放在城门正中，自己素衣素帽，躺在当中棺内，并书写绝笔信广告市人：

同胞们：

我死诚不足惜，望我同胞，一心一意，团结对敌，切勿观望徘徊，抗战到底……

林一丹

林一丹祖籍山西，大概是在明成化年间移居陈州，世代务农。到其祖父手中，家业渐丰。其父林中热，读过几天书，重旧道德，深重“仁”“义”，以顺为孝。要求子女们要待人宽厚，不能投机取巧，出卖朋友，做亏心事。因此林一丹在幼小的心灵中就形成了某种服从思想。

小学毕业后，林一丹进了陈州中学。校长姓张，提倡国民教育，亲自写了陈州中学校歌，要求每一位学生都要会唱：

淮水泱泱，伏羲旧都，一画开天，
文明鼻祖，发扬光大，责莫伊人属。
勖哉同学诸兄弟，
埋首黄绢淬砺攻苦，
莫叫光阴等闲度。

林一丹在陈州中学受到不少爱国教育，中学毕业后，考进了保定军官学校五期，这样，他在军队又受到“军纪”教育，更以爱国爱民、“服从”为天职了。

林一丹在保定军校毕业后，分配到山东国防军司令马良属下当排长，其时已是1922年，不久升为连长，驻防曹州。曹州地处鲁豫苏三省交界，不但产牡丹，也产匪盗。民国十几年的时候，曹州匪盗成患。林一丹守土安民，颇得百姓好评，曾受百姓送的万民伞和万民旗。这当然是很大的荣耀，由于这种荣耀，被提升营职。升为营长的林一丹仍忠于职守，不取不义之财，不受非分之物，正直清廉，受到张宗昌部方振武师长的青睐，提升林一丹为团长。后来方振武在开封一带倒戈刘振华，林一丹认为倒戈终归是不正义的，一气之下，骑快马连夜回了家乡陈州。

抗日战争爆发那年，林一丹已年过不惑。那时候他正在家乡务农，共产党成立了陈州抗日支队，特派人请他出山当军事教官。

林一丹欣然应允，但林一丹也有个要求，训练时要允许他打人。当时的支队政委姓苗，队长姓薛，对林一丹的要求很感棘手。苗政委想了想说：“我们共产党的队伍重视思想教育，不兴打人怎么办?”林一丹说：“这个训字，除去说讲劝道之外，旁边还有‘川’道鞭痕！也就是说，好兵是训出来的！要想有铁的纪律，不只是光靠思想政治工作!”苗政委说：

“如果没人犯纪律，你还打不打？”林一丹说：“那我可是闲着没事了！”苗政委想想，又和薛队长商量了一时，就答应了林一丹的这个条件。

林一丹带去了当年当团长时的马鞭。

第一次集合，让林教官讲话，林一丹手举皮鞭说：“共产党的队伍里不兴打人骂人，骂人我不会，但要有人违犯纪律，我就不客气——这也是我和政委订好的规约！诸位别小看了这鞭子，它既是你的救命符，又是打击敌人最有力的武器！训练场上少挨鞭，战场上才能打胜仗！”

林一丹果然训兵极严格，无论滚、爬、立正、卧倒，都要求一致，太阳越毒越立正，瓢泼大雨也要求集合跑步。练射击时，要求半跪托枪，枪杆子上坠砖头，一蹲就是一小时，他拎着皮鞭在后面转来转去……

可由于苗政委的思想工作做得好，战士们都很刻苦自觉。没人犯错误，林一丹的马鞭就用不上。怎奈林一丹一训起兵来就有一种打人欲，欲望得不到发泄，林一丹就抽打操场边上的一棵柳树。时间一长，那棵柳树竟被他打黄了叶儿。

训练结束后，苗政委和薛队长都劝林一丹留在抗日支队参加革命。林一丹想自己曾经是正规军里的团长，留在小小的抗日支队职务如何安排？自己又不是共产党，人家决不会让他当队长。若想抗日，自己也可以拉队伍，怎能寄人篱下？最后他对政委和队长婉言说：“若论抗日，咱们都是中国人。若论政治，我虽然参加过国民党军队，但现在国共两党合作，咱们又都是朋友。当初二位只请我当教官，并未让我参加革命！二位的心情我领了，只是人各有志，不可勉强，万请鉴谅，万请鉴谅！”

其实，林一丹在家赋闲心并不闲，时刻在盼着东山再起。当然他是期盼国民党正规军起用他，所以也有待价而沽之意。可他做梦未想到，虽然国共两党成立了抗日统一战线，但国民党对共产党时刻存有戒心。由于林一丹在家乡给共产党训过军队，他过去的上司和朋友皆认为他参加了共产党，所以谁也不敢用他了。林一丹在家等呀等呀，直等到陈州沦陷，也没等到有人来请他。为此，林一丹很是心情郁闷，整日借酒浇愁，慨叹自己空有一身本领，竟无用武之地！

作为一个正直的军人，是会把“保卫祖国”作为自己的天职的。现在国土深受日寇蹂躏，林一丹再也等不起了！他想不计个人得失投奔共产党，可又怕因“婉言”过政委抗日支队不收留他。他想去寻找当初自己在过的国民党部队，可惜那个部队已宣布成了“皇协军”！万般无奈，林一丹决定自己单枪匹马地跟日寇干。他寻出从部队里带回的双把盒子，擦得锃亮，然后混进陈州城里，躲避在一家茶馆里，等到半夜，便飞身出屋，穿街过巷，寻找有利地形。

不一会儿，鬼子的巡逻队便从北街过来了。日本人带着狼狗和几个皇协军，走得耀武扬威。林一丹那时候躲在一家商店的出厦角处，见迎面来了鬼子，顿然一股热血往头上冲，挥手出枪，两个鬼子应声倒地。走在两个鬼子后面的是两个伪军，一看是中国人，林一丹本能地怔了一下。不想就这么一怔，日本鬼子的狼狗脱缰而出，箭似的扑向林一丹。日本狼狗是有名的“日本狼青”，又凶又狠，个大腿长，蹿起来比人还高。林一丹枪法虽好，但经不住如此突然袭击，下意识地朝后一躲，顺势扣响了扳机。射击他的，正是那两个皇协军。林一丹怒火万丈，顽强地倚墙而立，一口气打完了枪膛里的子弹……

日寇以为有部队袭城，惊恐万状，一时间，警笛声、摩托声、马嘶声、子弹呼啸声响彻夜空，不想忙了半夜，只看到林一丹一个人，很是丧气，差点儿把林一丹剁成了肉酱。因为日本人被打死了六个，皇协军只死了两个。从此以后，日本人再不敢走在巡逻队的前面。

当时陈州有个地下民间协会，专评“抗日英雄”，由协会会员捐款抚恤英雄家属。这些人多是民族心强的商人，说是人家流鲜血牺牲，咱们就应该出“银血”捐钱。评论英雄的规格很明确，打死一个日本兵就为英雄，给英雄奖钱一百大洋。这回林一丹一家伙打死六个，被评为超级孤胆英雄，破格发奖金一千块。林一丹的家属很理解林一丹未了的心愿，当下就把钱送给了陈州抗日支队。

陈一侃

陈一侃的家住在陈州西街，人称陈家大门楼。可能是陈家上辈有功名，门楼又高又大。陈一侃从小读私塾，大了读洋学。下学之后，游手好闲，无所事事，但酷爱唱戏，尤其爱唱国剧。《空城计》《追韩信》《徐策跑城》等，都能唱到一定火候，可以到北京、上海“打炮”，自称为汪笑侬派。他虽不是科班出身，但须生唱得极出色，而且还会翻滚跳打，真可谓是一位偷用私功的高档“票友”了。

据上了岁数的陈州人说，陈一侃爱京剧爱到发邪的程度，上桌吃饭也打锣鼓点，动作如台步，“叭嗒——嗒，呛!”“呛”字一出口，屁股恰好坐到椅子上，准确合拍，没半点含糊。每次要茶，说话也加台词道白：“琼儿——茶——来!”家人也必须以道白回答，不然他就不接下文，让你端着茶碗无处放。

陈一侃的父亲陈佐道在省城是个很可以的官，听说儿子不务正业，就把他叫了去，准备给他谋个县长先干着。过了些时，县长谋到了但却找不到了陈一侃，问仆人，才知他去京城“打炮”了。一时间，陈一侃不当县长当戏子成为当时笑谈。陈佐道当然怒火万丈，派人把他抓回来，关在房里让其反思。不想陈一侃不但不认错，还在房里写了本《艺术论》，引经据典，专谈唱戏的好处。其中有几句说：“人爱吃白米白面，就是不让儿孙种田；人爱吃鱼肉，就是不让儿孙渔猎；人都爱娱乐，就是不爱让儿孙唱戏。大地之上锣停鼓住，四海之内丝断竹绝，诸位能不感到寂寞吗?”

陈佐道见儿子不可教，便泄了气，再也不管他了。

陈一侃又回到了陈州。

那时候，大江南北都兴成立剧社什么的，陈一侃为赶时髦，成立了个“陈州剧社”。社员多是陈州城内的纨绔子弟。这些人穿着细绢做成的裤子，手执用细绢制成的团扇，胸前别着胸章，上写“陈州剧社”。他们不但上舞台演出，也打地摊儿。也就是说演出场合很随便，只要有一片场地便可。这种形式在陈州一带被称作“唱玩会”。会场里摆几张单桌儿，几条长凳儿，一阵紧锣密鼓，人们围拢而来。演员不化妆，多是随身衣裳走，该谁谁唱。过去的时候，陈一侃常参加这种活动，一人顶过几个角色。那时候的“票友”多是“引车卖浆者流”，由于陈一侃的加入，使玩会抬高了不少档次，所以演出时，票友们对陈一侃很尊敬，称他为陈少爷。无论他任什么角色，人们总爱说一句：“陈少爷，该你了。”现在成立了“陈州剧社”，参加者多是世家子弟，档次已不同过去，“引车卖浆者流”就被冷落了。剧社有一横标，枣红绒布制成，上面是陈州名书家段先生的鸿爪。用白绫衬出字样，专程到汴京城用洋机子“缉”在上面，下面还镶了黄流苏，很是醒目。由于陈一侃的努力，陈州青年多以加入剧社为荣。一时间，“陈州剧社”竟成了陈州古城高雅文化的象征。

东三省沦陷后，“陈州剧社”走上街头，宣传抗日。他们从外地寻找剧本，在街头演出了《放下你的鞭子》。《放下你的鞭子》本是个小话剧，陈一侃觉得话剧演不好了太松，就改成了京剧。他亲自执笔，编戏词，设计唱腔，首场演出就获得了极大的成功。

这一切，没人领导也没人指示，全是陈一侃等人发自内心的民族仇恨。可谁也没想到，如此演来演去，陈一侃就在人们心目中成了“激进分子”。尤其是陈州国民党县政府，还以为陈一侃是共产党，暗中派人监视，并把他列入了黑名单。

1937 年“七七事变”爆发不久，中国共产党和国民党双方谈判达成协议，成立了抗日民族统一战线。陈州地下党公开身份，成立了陈州抗日支队。队长姓薛，叫薛冰，薛冰是北白楼人，也是世家子弟，和陈一侃相熟，薛冰见陈一侃民族心强，便请他到支队部，劝其参加革命。陈一侃想了想说："实言讲，我唱戏只是爱好，宣传抗日也是为了爱好！换句话说，用唱戏这种形式宣传抗日抗美抗法抗俄或抗八国联军我都乐意，换换其他形式我就没有了热情和兴趣，比如这扛枪打仗！这并不能说我陈某不爱国！因为我生为唱戏而生，死为唱戏而死！这叫酷爱，没办法，请你能谅解！"薛冰一听陈一侃只是位痴情演戏的公子哥，便泄了气，但还是鼓励了几句："唱戏抗日也好嘛！这叫有钱出钱，有力出力！不过，据我所知，尊兄早已上了县政府的黑名单，若不是国共合作，你我差点儿在牢狱见面！"陈一侃一听，怔了，想了想说："你们抗日支队有没有剧社？"薛冰说："抗日支队暂时还没有剧社，但只要你愿意参加革命，把陈州剧社改一下名称不就是了！"陈一侃一听参加革命如此简单，颇感惊讶地问："你是说，把陈州剧社一改名就算参加革命了？"薛冰认真地点点头，说："对，把剧社改一下名，改为陈州抗日支队宣传队，听从支队的领导就行了！"陈一侃沉思片刻，说："只要有戏唱，叫什么名字都无所谓。这样吧，等我回去商量商量，然后再给你回信！"

不想陈一侃回到城里把薛队长的意思跟票友们一说，剧社的社员大多不愿意归顺什么抗日支队。别有用心的人借机说要归就归顺国民政府，何必归顺穷共党？现在是国共合作，连共产党的军队都改成了第八路军，我们何必见高不攀而去攀低呢？陈一侃一想也是，反正归谁都是宣传抗日，管他“国党”或“共党”？于是他就专程跑到白楼，把社员们的意思向薛冰说了，并要薛冰鉴谅。薛冰笑笑，很大度地说：“诸位只要为抗日出力，归顺谁都可以！”

陈州国民政府早想收编“陈州剧社”，闻讯急忙给他们挂上了“陈州抗日民族剧社”的旗帜，政治上归属陈州县国民党党部，编制上列入城防司令部。归顺那天，唱了京剧《空城计》，陈一侃饰演诸葛亮，演得很卖力。戏演结束，城防司令和县党部书记亲自上台为剧社青年换装，几十名青年一下子就成了军人。

由于这些青年多是世家子弟，又有文化，入伍后极受重用，有的送入军校，有的就地授衔，很快都成了人物。令陈一侃想不到的是，唯有他这个社长一直是个上士班长。于是，他就满腹牢骚，到处说还不如当初参加共产党的抗日支队！如此说来说去，就传到了上司耳朵里，上司对陈一侃更是提防，把他划为“危险人物”。后来陈一侃听说了，更加愤怒，一口气恼，便赌气去了陈州抗日支队。薛冰很高兴，支持陈一侃又成立了个剧社，社员多是过去的穷票友，也就是那些“引车卖浆者流”。这些人恰巧都是共产党依靠的力量。由于他们革命坚定，入伍不久就成了抗日支队的主力队员。有的被选送到根据地学习，有的担任了中队长或小队长，升来升去，唯有陈一侃原职未动。为此，陈一侃又有了情绪，牢骚满腹。消息传到领导耳朵里，薛冰特意找他谈了一次话，态度很客气，意思是说要求进步是好事，但需积极争取，更要经得住党对你的考验！言外之意，陈一侃革命意志较薄弱，参加革命以前又在国民党部队里待过，有许多事情决不能以他“赌气参加革命”而蔽之……再加上陈一侃酷爱演戏，到处“打炮”，给人的印象始终是个“戏迷”，所以“政治”上又一次被“搁浅”了。

但令人欣慰的是，陈一侃始终没有离开革命队伍。

再后来，陈州沦陷。有一次，陈一侃正在宣传抗日，不想被日本飞机扔下的炸弹炸死了。

“解放”后，陈一侃被追认为烈士。由于他没什么战功，陈州人只记住了他是个好票友，于是，他就以“名票友”的身份活在了人们心中。

这就极不容易了！

细想想，许多人都没有他这种幸运——包括当初那些各方面都比他强的人。

于文年

漂亮哥姓于，叫于文年，父亲是国民党县党部书记。于文年是于家三公子，自幼上学，后考入杞县大同中学。大同中学是爱国华侨所办，共产党的地下组织很活跃。于文年在学校里就加入了共青团，高中未毕业，就分到陈州县武工队。

于文年皮肤白皙，文静大方，气质非凡，同志们戏称他为“漂亮哥”。政委根据他的特殊条件，派他当了侦察员。

漂亮哥当侦察员，可谓机智勇敢，每次都能胜利完成任务。

有一次，武工队为了解县城里的部署情况，政委又派漂亮哥深入虎穴。漂亮哥化装潜入城里，取得情报正欲出城，不料被人告密。漂亮哥看难逃险境，便吞了情报。

漂亮哥被捕了。

审问漂亮哥的，正是他的父亲于伯虎。

这个县党部书记，望了望投奔共产党的三儿子，痛惜地说：“真没想到，一别几年，我们父子竟在这种场合见面！”

漂亮哥看了父亲一眼，没吭。

“只要改邪归正，你还是我的好儿子！”于伯虎爱惜地对儿子说，“说吧，把你知道的全说出来！”

“都在我肚里，怕是你们永远也掏不出来！”漂亮哥冷笑一声说。

于伯虎长叹一声说：“你不说也罢，看在父子一场，我一不动刑，二不杀你，你走吧！”

漂亮哥大咧咧地出了城，果然没人阻拦。

那时候，漂亮哥被捕的消息已经传到武工队，政委正准备派人搭救，却见漂亮哥竟完好无损地回来了。政委心里不由犯了嘀咕。

政委看了漂亮哥一眼，放弃了原订的战斗计划，命队伍紧急转移到更隐秘的地方。

半夜时分，原来的那个地方果然响起了密集的枪声。

政委稳操胜券地笑了笑，叫过漂亮哥，问道：“小于，这你怎么解释？”

漂亮哥这时才悟出，父亲放他是为了让他引路！但他自认为没有叛变革命，内心无愧，便对政委说：“可能是我回来的时候不小心，让敌人盯了梢儿！”

政委摇了摇头。

“你不相信我吗?”漂亮哥瞪大了眼睛。

“事情到了这一步，我不得不保留一些余地!”面对严酷的现实，政委无奈地叹了一口气。

漂亮哥有苦难言，痛苦地掏出手枪，对准了自己的脑袋，仰天长啸:“现在，我才明白父亲轻易放我回来的目的!政委，请你相信，我是清白的!”

说完，勾动了扳机。

政委急忙上前，但已经晚了。他懊悔地抱起漂亮哥，泪流满面……漂亮哥微微睁开双目，奄奄一息地对政委说:“政委，我不怪你，你做得完全对。只是做梦也没想到，我的生身父亲竟用这种手段害了我……”

冷若雪

冷若雪原名敬才，又名可复，出生于陈州东关一个杏林世家，昆仲间数他最小，有二兄。他自幼聪颖好学，刚毅木讷，有着较好的家庭教养，对文艺尤为爱好。陈州中学毕业后，考入了开封艺术师范学校，毕业后，被陈州中学聘为音乐教师。他目睹抗日烽火的燃起和国民党政权的黑暗腐败，毅然投入了青年抗日宣传队，披星戴月，宿露风餐，为抗日救亡工作奔走呼喊。

不久，陈州沦陷，他毅然地投入了战斗。

陈州沦陷后，盘踞在陈州的侵华日军，大搞强化治安运动，推行惨绝人寰的“杀光、烧光、抢光”的“三光”政策；在军事上疯狂扫荡，什么九路围攻，铁壁合围，梳篦战术，蚕食政策层出不穷，花样翻新；在经济上，大搞封锁，什么食盐、火柴、煤油等生活必需品，一点都不准运进抗日根据地，妄图把抗日的军民困死。1942 年，也就是民国三十一年，抗日战争进入了最艰苦的阶段。陈州大旱百天，一直到农历六月才落透雨，抢种的庄稼没等长熟就被旱死了。

日寇对抗日支队控制最严的，当然是药品。他们对陈州所有的药店和医院进行监控，派特务冒充相公，对每一张药方都要仔细审察，唯恐有人偷偷给抗日的将士提供药物。

冷家药店也不例外。

由于冷若雪出身杏林之家，在抗日支队里自然也就当上了卫生队长。当时最缺的药是青霉素，全靠西方进口。而青霉素又是治伤口感染的最佳抗菌消炎药，所以日本人对青霉素和中药配制的“金疮药”控制极严。由于没有青霉素，抗日支队对伤员多用盐水洗伤，如果伤口发炎，引起高烧，那就非用青霉素不可。

所以，抗日支队每回搞到青霉素，卫生员都把它们看得比自己的生命还重要！

抗日支队搞到青霉素的主要途径，当然要靠冷家药店。冷家药店离陈州教堂很近，神甫是个英国人，精通西药，还非常热爱中医，常请冷先生到教堂里给他讲解《黄帝内经》和《伤寒论》。中医学的博大精深深深吸引了老神甫，他又极服气冷老先生的学识，所以对冷老先生极尊重。每回吃圣餐，必请冷老先生为座上客，当然，对冷老先生的所求也是有求必应。冷老先生一心爱国，别无他求，只要青霉素，可由于日本人的控制，老神甫搞青霉素也不容易。因为教堂名义上办了个博爱医院，实质上已承包给了别人。再加上日本人对医院所进青霉素都留有账本，老神甫一回也只能搞到一两盒。

冷老先生也把青霉素视为自己的生命。为把青霉素安全送到支队卫生队，冷若雪父子想尽了办法。最常用的，就是把一支支青霉素捣进鱼肚子里，然后让人化装成乡间孝子，头戴大孝帽，身穿孝服，抗的篮里装满了办丧事用的青菜鱼肉。逢着死人的事儿，日本人也忌讳，一摆手便放行了。

不想有一天，事情还是暴露了。日本特务机关一直对博爱医院不放心，老怀疑抗日支队的青霉素是从洋人手中暗度了陈仓。于是，他们就常派特务来博爱医院看病。因为日本人要求青霉素的被注射患者要留有处方，到时对账，就是说进多少支就要有多少患者使用。每月老神甫偷买一盒或两盒，医生就必得造假处方。也就是说，有些人没打西林针，处方上却有。写到别的患者名下，人家不懂药，查无对证，日本人也没办法。可化装的特务来得多了，医生又不知道他们是特务，有一天就在一个特务的处方上写了两支青霉素。这一下，算是被人抓到了证据，当即逮捕了博爱医院的医生，严刑一拷打，医生便供出了西林针的去处。日本人很快包围了教堂，带走了老神甫。老神甫很正义，一口咬定是自己用了，认死不供冷老先生。老神甫毕竟是西洋人，又加上年岁太大了，他认死不说，日本人只得另想别策。他们放了老神甫，暗中派人监视与老神甫联系的人。冷老先生早为老神甫担心，一听说老神甫回了教堂，就迫不及待地去看望他。老神甫一见冷老先生冒死来看他，很是感动，连连地说："这下坏了，这下坏了！你中了日本人的奸计了！"冷老先生笑笑，拱手施礼道："中国有句古语，叫作为朋友两肋插刀。你一个洋人都能做得到，何况我这华夏子孙！实不相瞒，我来时就看到教堂门口有不少不三不四的人，知道他们要干什么！我不能连累你，我更不能走出去让日本人抓到把柄！我虽不是教徒，但我极想接受主的洗礼！作为朋友，你已足足对得起我和我的孩子们！请允许我用中国最古老最真诚的礼节向你一拜！"说完，冷老先生双膝跪地，给老神甫磕了三个头。老神甫很是惊慌，急忙去搀冷老先生。不想这时候，冷老先生从兜里掏出一块砒霜，一口吞了，然后向礼拜堂走去……

老神甫给冷老先生主持了最隆重的葬礼。

消息传到抗日支队，全体队员无不悲痛，脱帽致哀，足足静了半小时。

在沦陷区搞不到青霉素，冷若雪只好到国统区找人帮忙。国统区相应好办一些，只是带药回来时要通过好几道封锁线，难度大得不可想象。为能安全把药带回来，冷若雪和战友们想了不少办法。有一次，他们把青霉素隐藏在自行车的钢管里，不幸被敌人发现。为保药物，冷若雪上前就抱住一个日本哨兵，让战友们骑车飞逃……药物保住了，冷若雪却光荣地牺牲了。

冷若雪牺牲时，年仅二十六岁，未婚。

冷老先生叫冷怀谷，为当年陈州城内中医泰斗。

“解放”后，冷家父子全上了烈士谱。由于多种原因，冷老先生一直排在儿子后面——这仿佛是无可奈何的事情。

龙　大

陶都树，1939 年 11 月出土于陈州大连保丁楼甲村古墓群汉墓中，此树高六十九厘米，重二点二公斤。全树分树座、树干、树顶三段，通体涂绿釉。树顶为一朱雀，站在昂嘴兽头上。树干是圆柱形，有孔，每孔插一碎叶。叶分一柄单叶、三叶、四叶三种，叶的正面、背面附有猴、飞蝉、猫头鹰、奔獐、山树、人物等造型。

挖出陶都树的人叫龙大，是个盗墓贼，家住城东回龙集。家中只有一位七十多岁的老母。龙大三十多岁没娶妻，光棍一条。由于其父死得早，其母耳朵有点聋，所以他从小缺少管教，养成了好吃懒做的毛病。十几岁就与城里一些不三不四的人相掺和，后来不知什么时候就成了盗墓贼。

龙大盗得陶都树全属偶然。1939 年的陈州已经沦陷。为防备陈州四周的抗日力量，日寇将陈州古城四门封锁极严，连城里人出进都很困难。有一天龙大去城里办事情，由于拖了时间，东城门已经关闭。万般无奈，他住进了城东门里的一家旅店里。睡前听几个客人闲聊，说是大连丁楼一大户人家正在祭祖唱大戏，是名伶曹力的“小红脸”，很好。龙大是个戏迷，爱听梆子戏，第二天一出城便去了大连丁楼。到地方一看，果真有台大戏，戏台就搭在那家大户的坟院前，是用八辆太平车立起来对成的，上面铺了厚板，很高。这里虽也为沦陷区，但日本人缩在城里，不常出来，所以看戏的人很多。龙大盗墓有个毛病，专爱给自己挑战，认为越人多的地方越保险。他得知这家大户的祖上曾中过进士，官至五品，就想趁热闹以戏台做掩护将这家的祖坟盗了。为此，他偷偷观察了一下地形，准备了家伙，等到夜戏刹过以后，便用一把伞遮了自己，开始掘坟盗墓。不想在打通道的时候，竟挖出一座汉墓，意外得了这尊陶都树。

当然，龙大开初并不知晓这件汉文物的珍贵。他是到古玩店卖货时才得知这是个稀世珍宝。当时他惊得张大了嘴巴。虽然他多少也懂一些文物知识，但只能识别一些汉陶罐、陶猪、青铜器什么的。现在得了这个大家伙，他就猜测着可能得了宝贝，于是就试着向古玩店里的行家打听，用嘴很仔细地描绘着陶都树的形状，让行家去想象去鉴定。古玩行家皆说没见过这东西，提出要看实物，只有见实物才能鉴定是什么东西。龙大想想也是，就先把东西藏在一个破庙里，然后请一个最有名的古玩家到庙中鉴定。那古玩商一见陶都树，眼球儿差点儿掉出来，连声叫着："宝贝！真乃稀世珍宝!"最后鉴定为汉代陶都树。

尽管如此小心，但消息还是传了出去，而且传到了日本人的耳朵里。当时驻陈州的日本指挥官叫川原一弘，也是个文物迷，尤其喜欢中国文物。占领陈州的那一天，他先抢的就是古玩店。所以，陈州的古玩商们也都恨透了这个川原大佐。

川原一弘听说又出了一件汉代陶都树，就急忙四下派人探听龙大的下落。陈州的文物商们一听说川原一弘要抢陶都树，急忙叫来龙大暗中聚集在一起想办法。他们对龙大说："你虽是个盗墓的，但也万不可忘记自己是个中国人，千万不可将陶都树落入日寇之手!"龙大没想到问题这么严重，他原想盗得了宝贝发个大财，从此与老娘再不为生活所迫，自己也可讨房媳妇，不料竟惹出这等祸端。若将陶都树交给日本人，自己从此便在众古玩商面前没了人格和国格。因为盗墓这行当与古玩商自古是一家，盗墓人离开古玩商几乎是拿着东西换不成钱，算是活活堵了财路。若不交给日本人，自己从此也甭想安生，说不定还有生命之险。他犯愁地望了望几位古玩店老板，说了自己的难处，一个打头的古玩店老板说："龙大呀，实言讲，这件古玩现在在陈州城已没人敢要。为啥？因为它已成了祸端。虽然我们也怕国宝被日本人夺走，但我们毕竟有店铺和老婆孩子，目标太大，不易收藏。而你呢，目标小，又没老婆孩子挂脚。今天这重任非你莫属。至于你母亲，你放心，我们几位会出资相助的！”龙大一听这话，心想这几个仁兄虽然也爱国，但没胆儿，丢脑袋的事儿全让他一人担了。又一想，人家所言也是事实，全是掏心窝子的话。这陶都树若从自己手中让日本人夺走，那可是千古罪人！盗墓虽是个犯罪的活儿，但盗出的文物毕竟还是在自己国家里周转，若被人弄到外国人手中岂不是更对不起祖宗了？想到这儿，他觉得自己神圣了不少，对几位老板拱拱手说：“诸位，那我龙大就谢了！请放心，我就是豁出命来，也要保住陶都树！但丑话先说不为丑，等过了这段风声，诸位可不能黑我，得给我个天价！”几位老板见龙大护宝坚决，异口同声：“兄弟请放心，只要这次你护宝成功，不但是陶都树给你大价，日后凡是你手上的东西，我们只是帮你出手，决不赚你一文钱！”龙大就很感动，说：“既然诸位如此看得起龙大，我也不瞒诸位，陶都树俺已放在一个安全地方儿，若我万一为国捐躯了，这陶都树怕是再无人知晓了，只好再次让它长眠于地了！”言毕，谢了众人，扭身消失在夜色里。

那时候，川原一弘派出的人正在到处寻找龙大，为能引出龙大，他们竟将龙大的老母亲抓到了指挥部。川原一弘为找到龙大，破例对老太太当客人看待，对龙母说："请你来不为别的，只是想见你儿子一面。"龙大闻知后，惊慌万分。他深怕老娘受屈，但又无计可施。若是去见川原，等于自投罗网，若不去见川原，老娘亲受苦不说，怕是性命也难保。怎么办？他想了一宿，觉得还是救娘要紧。陶都树虽然是个好东西，但也不能因它落个不孝之名。几个鸡巴古玩商说得轻巧，你们不保护国宝，为什么偏让我保护？"圆明园"里那么多国宝让外国人抢跑了，为什么没有人去指责朝廷？我一个小百姓，凭什么就为它付出牺牲？我一个盗墓贼，就是表现再好被官府抓住了也不会得到饶恕！我为何要去替你们充大头？你们有妻子儿女，我有一个老娘。而且我的老娘已经面临生命危险，当儿子的怎能见死不救？可反过来想，那陶都树毕竟是一件宝贝，看那些古玩商们的眼神，肯定是价值连城。自己盗墓半生，碰到这么一个值钱货确实不易，怎能轻易送给日本人？那可是一大堆钱呀！眼下没娘能活，没钱可不行。保住陶都树，既保住了国格人格也保住了钱，何乐而不为呢？可是，关在日军指挥部里的毕竟是娘亲呀！没有娘亲自己怎能来到这个世界？现在这个世界上除了娘再没了别的亲人，没了亲人钱再多又有什么意思……就这样翻来覆去了大半夜，龙大一直处于矛盾之中，直到第二天下午，才决定去见一见川原一弘。

当时陈州日军的指挥部在北关太昊陵内，他们赶走了庙内的和尚，将二殿当了指挥部。龙大一到太昊陵，川原一弘很高兴。他对龙大说："只要交出陶都树，我立刻就放你们母子回家，而且还有奖赏，保你们日后生活无忧！"说完，当即就让人请出龙大的母亲，并让他们母子单独相见。龙大一看母亲毫发无损，悬着的心才算落了下来。他对娘说："娘，这都是儿子惹的祸，让您受惊了！"龙母对儿子说："日本人也没难为我，只说等你交出什么树就放我回家。我说儿呀，他们让你交你就交呗！反正你那东西也来路不正，咱可不能因为这和日本人硬碰。这些东洋鬼子个个都是杀人魔王，我这两天听见他们说话就心悸！"龙大安慰娘说："娘，你别担心，马上我就让他们放你走。回到家你别乱走动，有人将你接走，也有人供你吃喝，尽管放心好了。"龙母一听龙大说出这等话，怔了，忙问道："你去哪里？"龙大说："娘啊，陶都树毕竟是咱中国人的东西，若我一送给日本人，不就成了汉奸了。所以呢，我得出去躲一阵子，等风头过后，再回来侍奉你！"龙母望了儿子一眼，说："大清朝连国土都割给了外国人，一个从墓里扒出来的东西有啥金贵？你又没领日本人去杀人放火，咋就成汉奸啦？"龙大苦笑了一下，说："反正这事儿不是个什么好的事儿，也不是一句两句话能说清楚的，咋儿个就让我左右为难了一夜，最后觉得还是救娘要紧。娘啊，就这样定了，马上你就先回家吧！"言毕，便让人喊出川原，对川原说："现在我来了，请你放我娘回去。”川原望了望龙大，冷笑一声说：“你来了不错，可你没带来我要的东西！”龙大说：“那东西能是胡乱带来的吗？你可知道，现在想要陶都树的可不是你一个人，土匪陈三刀，共产党的县大队都在找我。如果我明目张胆带来陶都树，怕是走不到这儿就被人打死了！”川原想了想，问龙大说：“你是说，先让我放了你母亲，然后再带我去取陶都树？”龙大点点头说：“这就对了，去时你要多带些兵，我将地点指给你，你亲自取回来不就是了！”川原深思了片刻，最后终于答应了龙大的条件，派人将龙母送了回去。

将娘送走以后，龙大对川原说：“我饿了，先让我饱吃一顿，再去取宝怎么样？要不，我怎能走得动。”川原心想你在我手中，我还怕个甚，便对龙大说：“吃饭的可以，不过要快一点儿！”说完，忙命手下为龙大端来了饭菜，还有一瓶酒。龙大又吃又喝，估计着母亲快到家时，才站起身对川原说：“好了，走吧！不过，你得准备几条船。”川原不解地问：“要船干什么？”龙大说：“太君，陶都树那么贵重，我怎敢把它藏在陆地上？我早已将它藏在湖中的芦苇荡里了。”川原疑惑地望了龙大一眼，说：“你的撒谎的不要，若撒谎，死啦死啦的！”龙大忙赔笑脸说：“我敢吗？吓死我我也不敢欺骗太君！我为啥让你多带些兵，我也怕到湖里出了意外哩！”川原顿了片刻，这才带了二十几个日本兵随龙大朝东湖走去。

陈州城万亩城湖，数东湖最大。湖内长满了芦苇和蒲草，而且水道纵横，一般人进了芦苇荡多会迷路。自从日本人占领陈州之后，共产党的抗日武装和几股土匪都是靠湖与日本人周旋。为此，川原曾几次剿湖，却收获甚小，平常时候，他只守不攻，封锁了城湖周围的不少船只。尽管如此，他自己极少亲自下湖，但今日为了陶都树，他不得不来了。

川原让守湖的日本兵解开三条小船，带着龙大就朝湖水深处划去，川原怕龙大半路而逃，特让两个士兵坐在他两旁。龙大像是不在乎这些，他端坐船头，指指点点，领着三条小船划进了芦苇荡里。

川原看越走芦苇越密，而且离岸越来越远，警惕的目光一直不敢放松。他低声问龙大说："你的，还有多远?"龙大说："太君，陶都树可是我们的国宝，我自然要把它放在最隐蔽的地方。不过，也快到了!"说着，站起身来眺望。"太君，你看，过了那片深湖，再拐个弯就差不多了!"说话间，头船已经驶进深湖里。所谓深湖，就是湖水太深，内里没长芦苇和蒲草，由于湖水深，湖水发出乌蓝颜色。龙大高兴地说："太君，快到了，你看——"不想他话音没落，只听一声枪响。龙大身子一震，扭脸一望川原，满脸全是血。他喊了一声："太君，有人要抢宝——"话没说完，就仰面倒在了湖水中，继而就没了影子。川原大惊，忙命士兵朝四周的芦苇荡里扫射，打了一阵，并不见有人回击，这才感到事情蹊跷，再找龙大，早已没了踪影……

事情过后，陈州城里城外再也见不到龙大。有人说，龙大是故意将川原朝湖中领的，事前他串联了一位猎人，听到他喊“太君，有人抢宝”时朝他放一枪。那时候他已将藏在兜里的猪血弄满了一手，然后火速地抹满一脸，故意扭脸让川原和日本人看到，认为他已中弹毙命。他仰脸倒下水后，正巧船行到，他就顺势藏在了船底，让日本人如何搜索也难以找到。等船掉头要回的时候，他才潜入芦苇荡中。为躲日本人，他去了南方。还有人说，龙大是真的中弹死了。枪手是陈州城里的古玩商们雇的，为的是能保住陶都树。还有人说，龙大压根儿就没将宝藏在城湖内，他事前与县大队有联系，说他可以将日本人领进深湖。可县大队认为他只是个盗墓贼，对他的话存疑，只派了一个队员去探虚实。那一枪是打川原的，不想龙大在川原前面，正赶开枪时，龙大又站了起来，所以龙大就中弹身亡了……

多少年后，龙大一直没音信。由于龙大没音信，世上再没第二个人知晓陶都树的下落。但陶都树出土是实，又有一位古玩商亲眼目睹，后来就以那古玩商的记录为据收进了《陈州县志》。

不过，几个古玩商很守信用，一直供养着龙大的母亲，直到老人家离世。

冰　花

冰花是姚太太的乳名，不知怎么传到府上，上上下下就极少有人喊她姚太太，皆喊她冰花。冰花出身卑贱，性格随和，就任别人叫。实际上，她的芳名很雅气，叫关幼云。十七岁那年，她被陈州县党部书记姚万春纳为妾。据说冰花口齿伶俐，聪慧貌美，很招姚万春喜爱。日本侵略军侵占陈州之后，姚万春撇下其他太太，只偕冰花一人到丁树本部任伪职。

丁树的全名叫丁树一雄，是日本驻陈州最高军事指挥官。丁树的太太叫川弘姬子。川弘姬子年轻漂亮，又会说一口流利的华语，和冰花很是合得来，常邀冰花到她的住所玩耍。丁树的住所在指挥部院内，岗哨森严，一般人是不得进出的。由于川弘姬子的缘故，冰花就常来做客。1938 年秋陈州沦陷以后，日军指挥部就设在朱家街朱家大院里。朱家为陈州名门，宅院也阔。院内有大厅、二厅、侧室、游廊，有假山碧水，花草鲜艳，竹林通幽。丁树住在后进院里，墙高院深，很宁静。冰花来了几趟，就喜欢上了川弘姬子。川弘姬子温柔贤淑，眉宇间常常显露出一种忧郁美，让人起怜悯之心。尤其她的发型，发黑如墨，如云如雾，更给人一种古典美的感觉。川弘姬子对冰花说："你长得很像日本女人！"冰花笑道："那我就跟你学做日本女人吧。"川弘姬子正闲得无聊，欣然收下冰花为徒，并给冰花起了个日本名字，叫川弘冰子。姬子说："冰子比冰花好，冰花脆弱，冰子冷傲！"说完，就教冰花穿和服，那是一套很美的和服，质地考究，为日本柞绸，上面印着素净的樱花。冰花一穿上那鲜艳的和服，活脱仙女一般，顿时就把川弘姬子比了下去。川弘姬子嫉妒地说："你若真是日本女子，会被选为皇后的！"接着，川弘姬子又教冰花学习日本礼节。她们一同坐在榻榻米上，一口一个"哈依"地练习；说"谢谢"的时候，二人一同站起，双手合掌在两腿之间，躬腰九十度，一副贤妻良母的样子。最后川弘姬子才教冰花整理发型。日本女人的发型多如中国古代的仕女发型，看着美如云朵，梳起来很麻烦。由于冰花心灵手巧，没学几天，梳发型就梳出了自己的个性。这样一来，冰花就更像一位日本女子了。

姚万春虽然在伪政府任要职，实际上只是一个傀儡。为得到丁树的信任和重用，姚万春很支持冰花搞夫人外交。为让冰花适应环境，姚万春在家里也装制了榻榻米什么的，出来进去全部“日本化”。那时候，日本人为达到以华治华的目的，对伪政府的官员多少要给些优待。为示“亲善”，丁树一雄也常来姚宅与姚万春商谈军务或政务。来了，姚万春就让冰花身穿和服用日本礼节为丁树端茶递水。丁树第一次看到全部日化了的冰花，怔然许久没说出话来。

一天午后，冰花又去找川弘姬子，不想姬子不在，从室内走出来的却是丁树。丁树一雄五短身材，肥胖，满脸横肉。那一天，丁树像是刚刚午休完，也穿着和服。丁树看了看冰花，小眼睛里闪着光泽，说：“你穿和服很好看！”

冰花胆怯地望了望丁树一雄，轻声问：“姬子姐姐呢？”

“我已经不需要她了，让她走了！”丁树很随便地说。

“她不是您的太太吗？”冰花睁大了眼睛，不解地问。

丁树摇了摇头，许久才说：“她不是我的太太，她只是一名军妓！我很喜欢她，就把她留在了身边！不过，自从见到你之后，我就把她赶走了！”

冰花的心一下子提到了嗓子眼儿，双眼里透出惧怕的神色，她下意识地朝后退了几步。

丁树笑笑，关了房门，说：“其实，她和你交朋友，全是我的主意！”丁树话音未落，就一把拉开了和服上的腰带，冰花呆了，原来丁树竟是赤条条的！

丁树饥渴地把冰花抱到榻榻米上，三把两把拽去冰花的和服和内衣，把冰花奸污了。

冰花受了污辱，再不去日军指挥部了。

这以后，丁树就常来姚宅。来了，把姚万春支使出去，然后就把冰花抱到榻榻米上……

冰花忍受不住污辱，哭着向姚万春诉说了丁树的兽行。姚万春虽然戴着绿帽子，但惧怕日本人，反劝冰花要好生侍奉丁树。

这一天，丁树又来，冰花身穿和服端上了香茶。丁树和姚万春喝过香茶之后，突然都觉得肚子疼，还未弄清怎么回事儿，两个人就七窍流血倒在了客厅里。

冰花第一次杀人，心里很紧张。她望了望死去的丁树和姚万春，来不及换掉和服，就匆匆逃出了大厅。姚家宅院在县政府东侧，距大街不远。大街上到处是日本巡逻队。日本人牵着狼狗，横行霸道，把市面搞得极萧条。冰花怕人看出破绽，就雇了一辆黄包车，要车夫把她拉出县城。那时候太阳已落，傍晚时分城门口把守极严，对进出的行人都要检查一番，而且还要出示良民证。车夫把冰花拉到城门口，两个日本哨兵一看车上坐的女子身穿和服，又满口日本话，当即就放行了。

冰花刚刚出城，城里就响起了警报声。那城门立即就关了个严实。冰花知道日本人要全城搜索，捉拿杀害丁树的凶手，所以心里很紧张，更害怕日本人追出城来，便让车夫下了官道，一直朝偏僻的地方拉。大约走了几里路，她才让车夫停下。冰花为感谢车夫，给了车夫不少钱。那时候天已暗下来，冰花举目无亲，只得到一个附近的村子去投宿。时至深秋，路两旁全是黑黝黝的玉米林。冰花提心吊胆，身穿和服又迈不得大步，只得一路碎跑。夜风吹来，玉米林里就传出“哗啦哗啦”的响声。路两旁新坟一座挨一座，白色的纸钱和引魂幡随风飘舞，在夜色中闪着令人恐怖的光。冰花就像步入了阴森森的黄泉路，头上冒着冷汗，边走边左右张望，终于走出了那片青纱帐，来到了小村里。

据记载，冰花那天晚上走进的那个村子叫北白楼，离陈州城有八里路，北白楼村子很小，只有儿十户人家。冰花那天晚上是从南边进的村子，当她敲响第一家房门的时候，天已经大黑。

开门的是位老太婆，一看是个日本女人，急忙又关了房门。冰花知道老太太误会了，就在外面苦苦地喊：“大娘，俺是中国人！大娘，俺是中国人!”

那门终于又第二次打开，出来一个中年男子。那男子望了望一身和服的冰花，问：“你要干什么?”

“俺想借宿一晚!”冰花哀求说，“大哥，你就行行好吧!”

那男人朝门外望了望，确认只有冰花一人之后，才迟迟疑疑地闪开大门，对冰花说：“那你就进来吧!”

冰花感激地道了一声谢，然后才走进院子。小院不大，破烂不堪，有三间草房，还有一个柴禾棚子。这一家好像只有三口人，除去那位老太婆和那位中年男子，西屋里还有一个神经兮兮的女人。那女人见到冰花，只是嘻嘻地笑。那男人说："这是我老婆，被日本人轮奸后就傻了！"说完，目光很凶地望着冰花。

冰花很理解那目光，知道那是一种仇恨。但她心里很怕，她望了望身上的和服，下意识地给那男人解释说："俺是中国人……"那男人冷冷地笑笑，没说什么。冰花有心再到别处，只是天色已晚，不好再去打扰人家。再说，自己这身打扮，到哪家都不会受欢迎。那时候冰花就极懊悔当初万不该学当什么日本女人！穿着这身和服，就不是日本人人家也会把你当汉奸看待！她终于理解了那男人的冷淡，便苦苦地笑了笑，心想这里有老太婆和傻女人做伴儿，先凑合一夜，明天再另做打算。想好了，她就对那男人说："大哥，俺只在这里借宿一夜，求您开恩。"

那男人说："我家里的整夜不睡，会耽误你睡觉！你要不嫌弃，就睡在那柴禾棚里吧！"

那是一间破草棚，里边堆放着晒干的青草，散发出很甜的气息。那男人把干草拽下一些，铺在地上，接着又用一块破木板堵住了门口。老太婆拿来一领破草席，然后又送来了一条破棉被，帮着冰花铺好了床，说：“委屈你啦!”冰花感激不尽，连连向老太婆鞠躬。由于习惯成自然，冰花向老太婆道谢时用的全是日本礼节，而且还说出了一句日本话。

冰花就很后悔，后悔了许久，终于太累，就倒头睡去了。

半夜时分，冰花突然被一阵窸窸窣窣的声响惊醒。当她睁眼看时，她的面前朦朦胧胧地站了好几个男人。月光从草棚顶端的破漏处射进来，冰花看到其中也有那个户主。冰花忽地坐起，正要问他们干什么，不想几个男人上去就堵住了她的嘴。接着，她顿觉眼前一片黑暗，如驾云一般腾了空……

那时候她还不知道要发生什么事儿，当她被放倒在玉米地以后，她才突然明白自己将面临的是什么。她挣扎着，双眼里充满了委屈和哀求。她想高喊，但被堵了嘴，有话说不出。最后，她痛苦地流着泪水，她知道他们把她当成了日本女人，他们在为一个民族报仇雪耻！面对着这天大的误会，她只好自食其果。她凝望着天上的星星和月亮，承受着同胞的蹂躏。再接下来，她就一下子失去了知觉……

当她醒来时，天已大明。她发现自己被绑在离城门不远的一棵大树上。她的和服被撩了起来，下身赤裸……

来来往往的中国人都用解气的目光望着她这个“日本女人”。有不少人还朝她吐唾沫、扔砖头。她痛苦万分，悲哀地闭上了双目。

日本人发现了冰花，迅速包围了那棵大树，把她解下来，并脱掉了她身上的和服，给她换上了中国人的服装，然后插上亡命牌，装在一辆汽车上，开始了游街示众。

人们这时候才知道，是这个名叫冰花的女人杀死了丁树一雄和汉奸姚万春。

人们的目光由睥睨换上了敬佩。

当天下午，冰花被枪杀在了城门口。

日本人宣布不准为冰花收尸。但一夜未过，冰花的尸首就神秘地失踪了。

第二天早起，北白楼的村头处，垒起了一座很大的坟墓。令人不解的是，那坟墓的周围，自杀了四个中国男人……

吕庆广

吕庆广，字国深，陈州东戴集人。1907 年出生于一个农民家庭。吕庆广自幼上学，曾精读四书五经。下学后于 1925 年参加了冯玉祥的国民军，在十一师宋哲元部下先后任手枪连连长、营长职务。1926 年 9 月 17 日，冯玉祥在绥远五原誓师，将其所属部队组成国民军联军，自任联军总司令，率领大军进入陕、甘并出兵潼关，参加北伐战争。

1927 年，蒋介石、汪精卫相继叛变革命，建立起国民党新军阀的反动统治。1930 年阎锡山、冯玉祥联合发动反蒋战争，结果阎、冯失败，冯所率领的西北军完全解体，只有一部分队伍退到山西境内，散驻晋南一带。这时张学良以陆海空副司令名义，由沈阳进驻北平，华北地区归张学良管辖。他将退到晋南一带的西北军改编为第二十九军，由宋哲元任军长，驻防山西阳泉、辽县、沁县一带。二十九军初编时辖三十七、二十八两个师，冯治安任三十七师师长。张自忠任三十八师师长。不久，刘汝明任暂编第二师师长，隶属二十九军。刘汝明很喜欢吕庆广，正欲让他在该师任第三团团长之职，不想吕庆广对阎、冯失败后一直心灰意冷，对仕途失去信心，便借回乡为母奔丧为由，婉言谢绝好友心意，解甲回了陈州。

解甲的吕庆广并没有归田，而是用手中积蓄，在陈州城置买了几间门面房，做起了药房生意，主卖西药。

历史上，陈州长期处于灾多、病多，缺医少药的境况。西药未传入陈州之前，当地百姓治病主要靠中医和中药，而城内中医和中药铺也为数不多。当时，流传着民谣："黄金有价药无价，穷人得病命难活""请请段老养（陈州中医外科），烟土得四两；请请王克天（中医儿科），得头大老犍。"自从有了西医药物传入陈州后，陈州人都乐于接受。当时常用的药品多是"606"、维他赐保命等多种，也有酊、膏剂及其他外用药品。接着，针剂、片剂、散剂、膏剂、酊剂等抗菌素也开始传入。"头痛发烧，阿司匹林两包；蹿稀拉肚，针剂一注！"就是市人对西药的赞叹。

吕庆广就是在这种时候创办西药铺的。吕庆广为行伍出身，自然不懂药。不懂药办药房全靠他的太太。

吕太太姓吴，毕业于同济大学，先在西安一家外国人创办的医院内当大夫，与吕庆广结婚后，才脱去白大褂随军当了太太。现在吕庆广解甲归乡，她不免技痒，便让丈夫开了西药铺，边卖药边开诊所，胸前再次挂起了听诊器。

吕太太是陈州城内第一个女医生。

由于吕太太医术高明，诊费合理，药价便宜，生意很是兴隆。吕庆广夫妇正准备筹办医院，不料陈州沦陷，日本人抢占了吕家西药铺，把吕庆广一家扫地出门。吕庆广带妻携子无家可归，只得在城南关租民房暂栖身。

大概就在这时候，陈州共产党抗日支队的政委李纯阳派人专程到城南关找到吕庆广。要求吕氏夫妇参加抗日支队。一听说抗日，吕庆广自然乐意，但乐意之后，也有顾虑。因为抗日支队只能算是一支游击队，也就是众人所说的“土八路”，而自己身为正规军的正团职，若屈尊于游击队让人家如何安排？人家是共产党领导的抗日武装，有队长有政委，决不会让位给一个国民党员！虽说眼下国共合作，但组织原则人家是决不会让步的！吕庆广又想抗日，又想到面临的尴尬，颇感为难。夫妻二人商量了半宿，最后还是决定参加抗日。条件只有一个：吕太太吴正式参加抗日支队，而吕庆广只当编外人员。吕太太说，过去我随军给他当太太，现在该他当抗日战士的家属了！县委考虑到吕庆广的特殊身份，为顾吕庆广的面子，很高兴地答应了。

那时候陈州抗日支队多在城湖里活动，凭借天然屏障与敌人周旋。吕庆广夫妇到了支队以后，吴担任了卫生队队长，吕庆广很自觉地当起了“家属”。支队开会，他自觉回避；支队打仗，他在“家”守护，帮助炊事员为战士们做饭。支队的队长和政委很尊重他，每次打仗之前，总要征求他的意见，为不妨碍别人指挥，他总是说：“我当初打的是正规战，你们打的是游击战，不一样的！”

1938年9月，新四军六支队由确山县竹沟镇出发，东征到豫皖苏。随六支队来到豫东的有个卫生队，在陈州东的汲水集成立了临时医院。门诊设在十字街往东路北的一个独院里，有房屋十一间，病房设在集北头的大庙里和群众家中。主要任务是负责专署保安司令部所属部队和群众中的重病员、伤员以及新四军六支队的伤病员的医疗工作，赶巧当时陈州支队的队长和另几个队员负了重伤，都需要手术，便被送到支队医院。汲水集离陈州七八十里路，不归陈州管辖，守护任务自然应由吴负责。队长负伤期间，经政委李纯阳提议，要吕庆广先代理队长职务。县委批准后，又征求吕庆广的意见。吕庆广听后怔然片刻，心想吴虽然不在，但自己一直是家属身份，若现在代理队长，等队长伤好后，怎么办？若再一直推托，也让政委面子上挂不住，最后只好为自己选了条后路，同全队队员订了份合同，只干两个月，队长伤愈后当即退位。并说，自己压根儿就是抗日不参加共产党，只好请诸位包涵了！

吕庆广上任的第三天，支队接到内线情报，说是日军从开封运来一批军火，天黑进入陈州地段。政委李纯阳和吕庆广一商量，决定在陈州边沿地带打伏击，截下这批军火。

陈州辖地有个刘坊店，距陈州城三十余里，是一片大洼，全是黄沙，长满茅草，便于埋伏。天擦黑时，吕庆广和政委李纯阳就带队驶出了城湖，然后急行军到达埋伏地点。那时候人脚已定，大洼里早没了行人，只有“呼呼”的风声和荡来荡去的黄沙飞尘。吕庆广挑出二十个精干队员，埋伏在通往汴京城的大道两旁。然后让政委带其他队员与精干队员的埋伏点拉开距离，埋伏在稍远一些的地方。他自己趴在最北面，说是利于提前观察敌情，以便指挥战斗。当然，第一枪也由他来打响。

不想敌人极狡猾，夜里只走两头——就是晚上十点休息，凌晨三点再起床行军，怕的就是深夜遭埋伏。因为想截击军火的不仅仅是抗日支队，还有几支土匪队伍。昨天晚上他们只走到太康县城，凌晨三点起床行军，走到刘坊店大洼时早晨四点多钟。天即将明，一般人是不会打埋伏了。吕庆广和李纯阳就是要利用敌人的这种麻痹，打他个措手不及，来个速战速决，得手即走。

可是，意想不到的事情却发生了。

过去日本人运军火多用汽车，汽车虽然载重量大又跑得快，可一遭伏击首先瘫痪的就是那个庞然大物，为此曾吃过不少亏。这一次，他们偷偷改为摩托运装，你就是想截军火也不会一下把几十辆摩托全打瘫痪。你若是不把摩托全打瘫痪，那你算是瞎子点灯白费劲。也就是说，你想得到全部军火是不可能的事。因为他们事前专有安排，若万一遭到伏击，不得恋战，保住军火冲出包围圈是第一紧要。

这是吕庆广和李纯阳皆没想到的。他们仍以为敌人是汽车运输，只在路旁安排了两个神枪手，一个负责打司机，一个负责打车灯。当敌人的摩托队来到的时候，吕庆广还以为是押解的部队，双目仍是往后瞅，盼着装军火的汽车出现。等悟过来后，敌人的先头部队已走出了包围圈。吕庆广怒火万丈，心想自己出山第一仗竟是这种结局，很是感到脸上无光！这时候的李纯阳也看出了问题，心想吕队长是怎么回事儿，眼见敌人快过完了为什么还不开枪？因为是第一次与吕庆广合作，不敢轻易坏了规定，就挺在那里等枪声。战场上是来不得半点儿迟疑和踌躇的，就在吕庆广感到脸上无光的当儿，鬼子的摩托车队荡卷着一溜烟尘，极快地飞出了围圈……

大概就在这时候，枪声终于响了！

憋足了劲儿的抗日战士听到枪声，对着摩托队的后尾一阵猛打。李纯阳也借机指挥后围队伍冲了上去，一时间，枪声、喊声响成一片。鬼子没见过这种打屁股的埋伏，惊慌失措，摸不清我方到底是何战术，有多少人马，只好顾头不顾腚，惶惶奔逃。虽然只打了个尾巴，但仍然截了四辆摩托，打死十多个鬼子，缴了不少枪支弹约，尤其还截下了四挺崭新的歪把子机枪，使抗日支队如虎添翼。只是令人悲痛的是，新任队长吕庆广却英勇地牺牲了。

后来方知道这次伏击如果按原订方案截头打，抗日支队肯定会伤亡惨重。因为敌人队伍的前面全是空车架机枪，专为对付伏击的。如果截头伏击，敌人后面的辎重车肯定要调头鼠窜，让伏击者光流血不吃食，空忙一场。如此一来，这场战斗就显得指挥有方。为此，陈州县委和豫东军区还特意嘉奖了吕庆广和李纯阳。领到嘉奖令的时候，李纯阳流了很多泪。

“解放”后，吕庆广被追认为革命烈士。

李纯阳和县支队的队员都知道吕庆广是如何死的，但至今未有一个人说出真情。

包括对吴。

他们说，吕队长是个真正有血性的军人！

吕紫阳

吕紫阳，字扶南，陈州南吕家大湾人，出身书香门第，祖父、父亲皆为举人。受家庭熏陶，自幼跟随父亲学习举业。他天资聪颖，勤奋好读，过目成诵，被县人誉为“神童”。光绪十一年，以优异成绩为拔贡，十四年得中河南戊子科举人。吕紫阳还擅长书法，工诗善文，陈州人能得其墨宝者，视为荣耀。

吕扶南虽自幼受孔孟之道，饱读四书五经，但思想开朗不陈腐，眼光开阔不淤滞，善于接受新事物。虽然身为举人，却对科举制度和考场腐败早有不满。愤然喟叹：“国家沛减赋赐租，而民不加富裕；变瘠养醴之化，而俗不加厚；际重熙累洽之盛，而学校不加奋。是何故哉?”因此，在光绪年戊戌变法中，由于康有为、梁启超变法思想的影响，他很快接受了西方资产阶级民主科学思想，竭力反对科举制度，积极倡导筹办新式学堂。第二年，陈州举行县考，吕紫阳和几个秀才密谋，决定抵制这次考试。他们以匿名传单张贴大街小巷，在县城北关太昊陵鸣钟集合参考童生，吕紫阳登上大殿高台，公开揭发县令李之声在官场和考场徇私舞弊的劣迹，宣扬科举制度的腐败，鼓动童生们集体罢考。李之声闻之，惊恐恼怒，当即派人上报省府和州府，派兵镇压，并将吕紫阳等人逮捕，关进陈州大牢。在狱中，吕紫阳惨遭百般拷打，终不屈服。

吕紫阳被关押之后，他的家人四处营救。他的小女儿吕大娟，有胆有识，那一年她刚满十八岁，为营救父亲，女扮男装，先去省府开封，又去京都北京，托情于父亲旧好，哭诉于各级官府。吕紫阳的好友与学生也四处奔走，为其鸣冤叫屈。眼见就有开释之望，不想风云突变，康、梁变法失败，帝党失利，全国大规模搜捕屠杀与改良派有牵连者，吕紫阳自然也难以逃脱，再加上县令李之声对其恨之入骨，决心要凌迟吕紫阳，然后将其头颅悬之城门，以儆效尤。

可令李之声想不到的是，就在即将吕紫阳斩首的头天夜里，竟有人蒙面劫狱，救走了吕紫阳。

蒙面劫匪是一帮土匪。

这帮土匪的首领姓蒋，行三，人称蒋三。蒋三是陈州西蒋桥人，也是大家公子哥儿出身。当年因遭仇家暗算，才入了匪道。蒋三虽然入了匪道，但并不像别的匪徒只讲打家劫舍，杀人越货。他毕竟是个文化人，对国事比较留心。见康、梁变法失败，改良派遭屠杀，心中很是有点儿可怜弱者，为有所表现，于是便化装进城劫了大狱，救出了吕紫阳。

蒋三将吕紫阳救到匪巢后，宾客相待。他虽不认识吕紫阳，但久慕其名，所以对他很尊重。吕紫阳得知是蒋三救了自己，既感动又奇怪，问蒋三说："你为什么救我?"蒋三说："不为什么，就为先生一身正气，晚生是慕名而救!"吕紫阳苦笑道："老夫眼下已臭名昭著，你应该让我学习谭嗣同谭大侠才是!"蒋三劝道："吕先生，你既然已逃离生命之险，就别再胡思乱想。留有青山在，不愁没柴烧。你不如先将伤养好，待机出山为上策!"吕紫阳一听，觉得有道理，便答应了蒋三，蒋三略懂医道，匪巢中又备有金创药，就先给吕紫阳上了药剂，然后又为他腾出两间上房，让其住下。闲来无事，蒋三就去探望。吕紫阳见蒋三虽是土匪，但良知未灭，便给他大讲西方科学思想，列举旧科举之弊病，听得蒋三眼界大开，更加佩服吕紫阳，禁不住便向他说了事情真相。蒋三说劫狱是知县让他干的，目的是要吕紫阳神秘失踪，让他的家人和朋友都无话可说，也向上头交了差。蒋三说李之声是个非常有心计的人，他不愿为一个吕紫阳落下千秋骂名。他说他从内心也偏向改良派，但由于吕紫阳等人逼得他无路可走，才不得已下此手段。蒋三对吕紫阳说："若按照李之声的吩咐，将你救出狱后就要秘密杀害，但我仰慕先生学识，才没按他的去办。这几日听先生教诲，更加受益匪浅，我已决定留先生性命。只是为向李知县交差，也使我不坏匪道规矩，先生眼下只有两条路可选择：一是留在我这里，永不出头露面，我供你一生吃喝；二是给你改容换面，更名改姓，也就是说，'吕紫阳'从此在陈州消失！"吕紫阳一听这话，大吃一惊！他万没想到弄来弄去自己还是没逃出李之声的魔掌，更没想到堂堂知县竟与土匪暗中勾结，干出此等伤天害理之事，他越想越愤怒，双目盯着蒋三说："清廷官员腐败到如此程度，更让我心寒！士可杀不可辱，既然你难以向李之声复命，最好将我一刀两断！"蒋三见吕紫阳倔犟，苦笑了一声说："吕先生，我也是万般无奈才接下这活的。李知县一向对我网开一面，手下留情。现在他求助于我，我岂能不讲义气。再说，干我们这一行，使人钱财，就要替人消灾。您在李知县眼中，就是他的灾难，事情到了这一步，有些话说出来也不怕先生生气。你反对科举推行改良，万不该揭发李知县考场徇私舞弊之劣迹。清廷腐败，十官九贪，谁能扭转乾坤？实言讲，李知县不恨你改良，就恨你揭他贪污。他怕杀你引起公愤，就把这道难题推给了我，望先生能体谅晚生的为难之处！"吕紫阳脖子一梗说："这有什么可难的，你一刀将我杀了不就是了！既知如此，何必当初，竟耽误我像谭壮士那般菜市口就义，留下千古美名！"蒋三说："我已说过，晚生是惜先生学识，才不忍下手。再说，革命是曲折的，待机才是上策。康、梁不都去东瀛逃难去了吗？你何必那么认真呢？”吕紫阳在狱中只听说谭嗣同英勇就义，并不知康、梁之下落。现在一听康、梁避难于日本，怔然了许久，才对蒋三说：“既然如此，那我只好先暂借贵地，住上一段日子再说。只是我有一个小请求，能否将我的消息悄悄告之我的家人？”蒋三摇了摇头说：“万万不可！先生之事，保密是第一。既然先生答应了晚生，丑话先说不为丑，先生只能遵守这里的规矩，不得擅自离开！”吕紫阳心想自己是从县大牢挪到了匪大牢。但为了留住青山在，待机出山，只得答应下来。

从此，吕紫阳便住在了蒋三的匪窟之中。令人想不到的是，几个月后，李之声竟派兵悄然包围了蒋三的匪窟，一举将土匪全歼。自然吕紫阳也在其中。

李之声很义气地将吕紫阳的尸首用厚棺盛殓，运到吕府，对其家人说：“万没想到，紫阳兄竟染指土匪，实在令人遗憾！”

这一下，吕家人也觉得很丢人，再也没什么话说，便草草将吕紫阳埋了。家人因此还十分保密，清明节连坟都不敢上，慢慢地，吕紫阳的坟头就小了下去。

伍川民

伍川民，又名伍效文，陈州城南伍堂人。小时候在县立第一完小读书，民国二十五年毕业于河南省立开封初级中学，后又考入北平中国中学高中部。他在北平读书时，常阅读进步书籍，学习马列主义，积极参加反帝反封建的斗争。

“卢沟桥事变”后，中华民族面临严重危机，中国共产党号召全国同胞和军队团结起来，筑成民族统一战线的长城，抵抗日军侵略。在抗日热潮中，伍川民主动弃学回乡，投入抗日战斗行列，写抗日标语，到街头演说，不久便成为县内著名抗日宣传积极分子。同年 11 月，陈州中共组织负责人介绍他到西华县陵头岗，参加了中共豫东特委举办的抗日军政干训班，并在那里加入中国共产党。

民国二十九年，豫东特委成立了新四军睢（县）、杞（县）、太（康）独立团，伍川民任特务连二连连长。同年底，又随团调往豫皖苏根据地。第二年初，编入新四军第四师十一旅三十三团，他任该团二营营长。不久，国民党掀起第二次反共高潮，汤恩伯部大举进攻豫苏皖边区。新四军第四师面对强敌，英勇作战，避实击虚，神出鬼没，度过了三个月的困难时期。5 月，四师主力奉命由津浦路西转移到路东的洪泽湖地区，过铁路时与日军激战一天，当夜行至宿县固镇到灵璧的公路上，与日军再次遭遇，二营与先头部队失去联系，伍川民为使部队免受损失，独自骑马与上级联络，途中遭日军伏击，身负重伤，遭逮捕。

6 月初，伍川民被押解回陈州监牢。

陈州牢房当时设在前尚武街，那原是一座地主庄院，围墙很高，日本人又在高墙上加了电网。看守监狱的是一个小队，有三条狼狗，每日围着高墙巡逻。放风之时，三条狼狗就卧在不远处，伸着红红的狗舌，盯着犯人，垂涎欲滴。

那时候，伍堂村有一个叫伍川庆的人在伪警察局里当局长。他和伍川民是同乡，又是同宗兄弟。日本人知道伍川民在陈州的影响，所以有意把他解回原籍，让伍川庆到监狱去劝降，说是只要伍川民愿意为皇军效劳，不但能得到赏银，也可在伪政府内担任要职。

伍川庆比伍川民大两岁，从小在一起玩耍，不想长大后各奔前程，一个为抗日蹲了大牢，一个为求荣到牢中劝降。伍川庆虽然身为局长，但在伍川民面前总嫌自己矮了半截儿，“矮半截”的原因他自然比谁都清楚。为使伍川民也和自己一样矮下去，所以他劝降劝得极其卖力。在伍川民蹲牢的那些日子里，他每天中午十一点左右，就端着酒菜到牢中与伍川民对饮。伍川民也不客气，该吃就吃，该喝就喝，可就是不答应投降。伍川庆像完成任务似的，照例都要借酒卖一通汉奸理论。说是人生在世，能有几年好活。看局势日本人要久占中国，轮到咱这一代，就该是命中一劫。当年满族入关，多少有傲骨的文人最后不都做了大清朝的官？这日本人也不是外人，据说是当年秦始皇派到东瀛去求仙药的五百童男童女的后代，也是咱中国人的种，回来报仇来了……伍川庆天天说，伍川民天天听，半个月过后，受尽折磨的伍川民恢复了健康，面色也红润起来，双手抱拳，说：“川庆兄，感谢你每天送酒送肉，使小弟养好了身子，我若能越狱逃走，又能打日本人了！”伍川庆一听这话，怔然如痴，许久才说：“兄弟，我说了半个月，算是放了一串儿虚屁。自古道，人各有志，不可勉强。我知道压根儿就劝不醒你，只好借机表表你我的兄弟之情。实不相瞒，我虽然吃着汉奸饭，但心里自己也看不起自己。那些汉奸理论都是自己给自己的安慰。只是老哥既然走上了这条道儿，只好厚着脸皮混下去！”伍川民见伍川庆良知未泯，急忙劝道：“川庆哥，你这样想就不对了，抗日不分先后，自古以来，身在曹营心在汉的人可大有人在……”伍川庆一听，急忙拦道：“兄弟，你别劝我，我现在一身骂名，想洗净也不容易。干脆说吧，日本人待我不薄，你想劝我抗日我也抗不进去。你可能会说日本人杀那么多中国人你能不恨？实言讲我也恨过，可又想想日本人杀中国人可恨，那中国人杀中国人就不可恨？你可能会说中国人杀中国人是窝里斗，到头来就像兄弟吵架，恼皮不恼瓤儿，与日本人是民族恨，不一样！这我也懂。不但我懂，连汪精卫也懂。一句话说完，我们是那一种啥都懂的汉奸，用不着你开导。”伍川民听伍川庆说到这一步，笑道：“既然如此，那咱就谁也别劝谁了。”伍川庆说：“那不中，我若不劝你，你可喝不上酒了！”二人大笑不止。

伍川庆天天给伍川民上课，可伍川民不见有进步，日本人不愿意了，大骂伍川庆无能，然后对伍川庆说，你这些天把伍川民养肥了，算是给我们的狼狗准备了一盘佳肴，伍川庆一听，大惊失色，知道日本人要杀害伍川民了，便借故要做最后努力，再劝一回，日本人答应了他。当天，他就把消息传递给了伍川民。伍川民听后并不惊慌，对伍川庆说：“老兄呀，小弟早有准备，只是小弟不想当众死，一心自己结果自己，你能不能帮我弄些砒霜来？”伍川庆沉思片刻，最后答应了他。

伍川民得到砒霜后，并不急于服用，而是用油纸包了，藏在衣兜儿里。几天以后，日本人打开牢门，要提伍川民。伍川民知道时候到了，急忙将那包砒霜囫囵吞下去。日本人将伍川民绑到大街上，先示众一番，然后开始让狼狗撕吃他。他们扒光了伍川民的衣服，放开三条日本狼狗一齐扑了上去。那时候伍川民肚内的油纸包已泡烂，砒霜开始发作，日本狼狗吃饱之后，全都就地打滚，不一时，便口吐乌血，完蛋了。

伍川民牺牲后，日本人当然要追查毒药的来历。伍川庆知道逃不脱，主动交代毒药是他送的，原想让伍川民自杀，可做梦未想到他会来这一手。日本人看伍川庆说的是实话，而且又是主动坦白，便没治他的罪，只是免了他的警察局局长职务。再后来，伍川庆便失踪了。有人说，是日本人杀害了他，也有人说，是受了伍川民的影响，不愿当汉奸了，隐姓埋名躲了起来……众说不一，只是他一直杳无音信。

金方斗

金方斗的父亲叫金静园，是个前清秀才，又是陈州城内有名的中医，母亲不识字。他兄妹六人，四个哥哥，一个姐姐。金方斗七岁读私塾，九岁入小学。那时候，他的三哥正在国民党武汉行营做事。1936 年，金方斗就随三哥到武昌中学读初中，后因抗战全面爆发而辍学。

1937 年，十七岁的金方斗回到陈州。那时候，日本帝国主义对中国发动全面侵略，给中华民族带来了极大的灾难。大批的难民离乡背井，无家可归，陈州街头到处是从北方逃来的难民。金方斗的父亲为救同胞，拿出全部积蓄，在南关设放赈棚，每天用稀粥救济老人和儿童，并在街头设案义诊，为无家可归的难民看病送药。

金方斗从汉口一回来，当即被父亲派到放赈棚管理放赈。由于灾民多，每天只管两顿稀粥，而且要排队领取。金方斗望着面黄肌瘦的灾民，老嫌粥打得太稀，便让伙夫多下些面。金静园得知后，叫去金方斗，批评他说：“粥虽稀，但可以让人保命，若每天多用一袋面，少救多少灾民不说，你能知道这次灾难有多长？”

金方斗惊讶得瞪大了眼睛。

父亲的担心不是没有道理，但饥饿的灾民光靠稀粥保命也不是办法。应该吃饱肚子去打日本人！金方斗想了想，就开始到处劝说城内大户人家放赈抗日。怎奈他是一个十七岁的小青年，人微言轻，大户人家怎能听他的？万般无奈，金方斗只好去县政府里找县长。

县长姓苏，有痔疮，常来找金方斗的父亲看病，认得金方斗是金静园的小公子，热情地接待了他。金方斗毕竟是从汉口回来的，见过世面，有条不紊地向县长说了自己的想法，并求县长向陈州大户发话，要他们广开善心，放赈救灾抗日。苏县长听后先鼓励了一番金方斗，然后说，放赈自古以来都属于自觉行动，用不着官方发话。如果官方一发话，就变成了摊派。这种事全靠自己的良心发现，万万强迫不得！金方斗说，不是让你当县长的去强迫，而是提倡一下！提倡是新词，就是倡导之义！苏县长笑着答应道：“金少爷小小年纪就如此爱民忧国，将来必是国家之栋梁！只是鉴于放赈为民间特殊活动，本县也只能是瞅机会提倡一下而已！”金方斗不解地问：“为什么还要瞅机会?”苏县长见金公子如此“可爱”，笑了笑回答：“你回府上问一下金老先生，他就会对你说为什么了。”金方斗心内无邪，回家果然就问父亲：“我到县上求苏县长提倡放赈，他为什么说要瞅机会呢?”金静园一听说儿子竟为放赈之事找了县长，很是惊讶，怔然了许久才说：“县长见你，已给了你很足的面子，难道你还要县长专为你提的问题开个会不成?”金方斗瞪大了眼睛问：“国难当头，这么多人无家可归、露宿街头，这不算大事何为大事?”金静园被问得张口结舌，禁不住气愤地说：“你懂什么？县长现在的大事是如何发国难财，关心的是荣辱升降，像你提的这等问题，你还不如去求土匪帮个忙!”

金方斗又一次惊讶得瞪大了眼睛。

金方斗就决定去找土匪。

陈州最大的土匪是方瞎子。方瞎子是外号，并不瞎。他的真名叫方振启，有一千多人的队伍，经常到城内大户家起票贴条子。起票是抓人拿钱赎回，贴条子是武力强迫，限主人几日几时送钱多少到某地，不送就有血光之灾，没人敢违背。金方斗要找的就是这个人。

方瞎子的老巢在城南方庄一带，离城二十余里。一天早上，金方斗早早起床，骑着“三枪”牌自行车去了方庄。那时候自行车极少，陈州城不足十辆。金方斗骑着自行车走在乡间小路上就更显得扎眼，还没等他走进村子，已经引起房顶哨兵的注意，一打暗号，土匪暗哨便抓住金方斗去见方瞎子。

方瞎子刚刚起床，见哨兵抓了个洋学生，还有一辆“三枪”自行车，很是稀罕，便问金方斗姓甚名谁从哪里来到哪里去？金方斗仍是不卑不亢，对方瞎子说：“我姓金，叫金方斗，是陈州城名医金静园的小儿子，今日是专程来拜望司令的！”方瞎子一听面前的洋学生能说会道，很是高兴，问：“你找本司令有何贵干？”金方斗从容不迫地说了自己面见县长的事，然后又把父亲金静园的话学了一遍。不想方瞎子听后笑道：“你毕竟还是个孩子！你父亲那是气话，并不是真的让你找土匪！你父亲说找县长不如找土匪是对县长的不满，意思是当官的连土匪都不如！”金方斗一听怔了，很幼稚地望着方瞎子，说：“原来是这样？知道是这种结局，我也不来找你！”说完，一屁股坐在一个台子上，很颓丧地说：“来时我还充满信心，心想土匪也是人，总不能一辈子不干一件好事？再说，马上连国土都没有了，你还算什么土匪……”

现在轮到方瞎子瞪眼睛了。

方瞎子走近金方斗，双手把他抓了起来，说：“是呀，身为土匪没有了国土，还算什么土匪？就凭你这几句话，我一定要为国为民办一件好事！”

当天夜里，陈州几家大户都收到了方瞎子的一封信，命他们各家放赈三天，只蒸馍馍，不准放稀粥，并给他们排好了号，几家大户排起来，恰巧是一个月。

三十天中，路过陈州的灾民都能吃顿饱饭，从别家大户赈棚里领两个馍馍，再到金家赈棚内领碗稀粥。

金方斗劝说方瞎子贴条子命令大户人家放赈的秘密不知怎么就传了出去，众豪绅无不愤怒，一齐状告到县政府，说是金方斗通匪，如不严惩，日后必是祸害无穷。苏县长历来办事稳妥，先劝回众绅士，然后找金静园，取出绅士的状子，让金静园过目。不想金静园看后并不气恼，对苏县长说："犬子虽然有股夫子气，但正直无邪，放赈之事，他面见县长不给面子，万般无奈，我只好让他去找土匪了！"

苏县长瞠目结舌！

两年后，热血青年金方斗参加新四军，奔赴抗日前线……牺牲时年仅二十一岁。

封老板

据陈州县志记载：城北关封氏酿酒起于元朝。1763 年，风流天子乾隆皇帝下江南巡视，途经陈州。在州官李德茂举办的接驾宴会上，曾献了封家酒。乾隆举杯品尝之后，连赞："好酒，好酒！真乃有过珠沉油，闻香下马之美哉！"酒引才思，才借酒力，令人取过纸砚，欣然泼墨，笔走龙蛇，留下"兆丰酒"三个鸿爪。从此，"兆丰酒"名扬天下，每逢佳节，当地官吏必备美酒进贡京都。

陈州沦陷之时，京都早已没了朝廷。那时候，封家作坊已占了半个北关。老板封甲冲为封家十九代玄孙，眼下也六十有五了。

日本人也爱喝封家贡酒。日本人喝酒爱热闹，每次到封家酒馆过酒瘾，必拉几个相公赛酒量。

封家酒馆的相公大多海量，赛酒必胜。日本人气不过，每每失败，便凶恶地抽出战刀，把胜利的相公捅死。血酒相涌，一片恐怖。

可封家相公仍要冒死夺魁。

日本人越赛越恶，封家相公越来越少……

封甲冲望着倒下去的相公，禁不住老泪纵横。每“走”一个，他都要厚葬相送。最后，他派人递去口信，说是要亲自到日军指挥部与日本人赛酒。

日本驻防陈州的头目叫藤木，也嗜酒如命，经常带人到封家酒馆赛酒。听说封老板这回要亲自参战，很是高兴，当下挑选出几个能饮的鬼子，严阵以待。

是日，封老板先让人送去几十坛陈年老酒，然后一个人去了。

“你的，一个人?”藤木疑惑地问。

封老板庄重地点了点头，然后对翻译说：“你告诉他们，我一个人对他们五个!”

藤木听过翻译的话，又望了望满头灰发的封老板，不相信地摇了摇头。

“是一对一，还是你们一齐上?”封老板已拉开了架势。

“我们一齐上。”藤木说着，打开所有的酒坛，先从每坛里取出一盅，然后望了望封老板，狡猾地说：“你的，先喝!”

封老板笑了笑，一气喝了几十盅。

藤木见酒中无毒，放下了胆子，命人取出海碗，挨个儿倒了，先让四个帮手各喝五碗，接着让自己人喝了五碗，最后朝翻译摆了一下手。

翻译对封老板说：“该你了！”

封老板并不见紧张，一下倒了二十五碗，喝茶般一气喝了二十五碗。门外看热闹的鬼子禁不住一阵喝彩。

藤木惊疑地张大了双目，愤怒地抱起一坛，一气喝了个光。接着，四个鬼子也各自喝了一坛。

四个鬼子直喝得双目充血，最后醉倒在地上。

藤木强撑着身子，满口酒气地叫嚷：“喝！喝！你的喝五坛！”

封老板笑笑，搬起五坛酒，一字摆开，然后开喝……封老板喝光第一坛，大笑着解开裤子，开始尿尿。尿水如开闸的渠水，漾着酒气，恣肆地在室内横冲直撞。

封老板又喝了一坛……封老板尿水不断，如同白色的银链……

满屋子荡散着浓烈的酒气……

门外瞧热闹的日本人惊诧如痴，个个张大了嘴巴！藤木这才悟出封老板海量的奥秘，愤怒地抽出柳叶刀，可惜，他已站立不稳。

封老板望了望门外看热闹的日本兵，扬眉吐气地喝光了五坛酒，最后，他又以胜利者的姿态多喝了三海碗。

封老板喝光尿净，然后提了提裤子，系牢腰带，这才大度地坐了，掏出一支烟，望了望几个醉烂如泥的侵略者，坦然地划着了火柴……

只听“嘭”的一声巨响，蓝色的火团如蛇般向门口涌去。

顿时，日本指挥部一片火海。

冰　鱼

北风猛烈地吼了一夜，城湖里的冰越结越厚，结冰的湖面蓝得发乌，白色的苇茬子在边缘的水线处裸露出来，远瞧似一堆被冻僵了的什么鸟儿，给人以凄惶的苍凉感。

几天前的那场大雪仍然原封不动地覆盖着整个世界，世界就像穿上了硬邦邦的盔甲。风卷着房上或树枝上的雪粒子，沙啦啦地砸在冰冻的雪地上，发出缠绵的声响。天仍然很阴沉，灰白的云层黏稠地黏糊着天穹，使白昼变得冷凄又短促。尤狗子起来小便时，漫长的早晨已不知不觉被他留在了被窝里。

风势似乎在逐渐减弱，凄厉的吼叫声透出疲倦的喘息。尤狗子正在萎缩地撒尿。风很潇洒地扇着他的破棉袄，冒着热骚气息的尿柱就随风舞蹈，使得山墙角处的那片青色的雪地上出现无数个黄色的斑点，最后汇成一个深深的尿洞。青白色的雪地上已有好几个焦煳色的尿洞，组织起来就像蜂窝一般，显示出严冬的倔犟和残酷。尤狗子像是有意要尿出个什么图案，尿得专注又认真。他像一下子尿尽了腹内的热气，牙齿开始打架。大概就在这时候，他突然听到有人叫他。

尤狗子回头望去，看到叫他的人是保长。

保长的声音在寒冷的空气里似上了冻，听起来有某种断裂感。保长边朝尤狗子的两间草房走近边喊："狗子，皇军要你去帮他们钓冰鱼！"

尤狗子没有答话，只是用很奇怪的目光望着保长。保长穿得十分臃肿，皮袄的边缘处露出一圈黄色的狗毛，黑漆的手杖在雪地上闪着暗淡的幽光，远看保长像是多出了一条很细的腿。保长见尤狗子打愣，就认真地重复着刚才的话："快准备一下，皇军要你帮他们钓冰鱼！"

"他们怎么知道我会钓冰鱼？"尤狗子系上腰带，不满地瞪了一眼保长。

"我哪知道？"保长说，"刚才我正在吃早饭，突然来了两个日本人，说是要我通知你去帮他们钓冰鱼！"

"我不去！"尤狗子态度坚硬地说道，"我还没吃饭！再说，天冷得像个……"

"反正我通知到了，去不去由你！"保长说着就转了身。保长一转身，头上的狗皮帽子就被风吹起了护耳。两只护耳很卖力地飘扬起来，保长就像长出了两只肥硕的耳朵。尤狗子看到保长的“狗耳朵”就笑了。尤狗子的笑声刚刚响起，突然又戛然而止了。

尤狗子看到从保长家的深宅大院里走出两个日本兵。两个日本兵都穿着黄色的军大衣，刺刀在他们的脖颈后面闪着寒光。尤狗子看到日本兵朝他的两间破草房走来的时候，双腿禁不住抖了一下。

两个日本兵走到保长跟前的时候，保长就用拐杖朝尤狗子指了指。两个日本兵将目光很凶地射过来，其中一个朝尤狗子挥了一下手，喊了一声。

尤狗子刚低声骂了一句：“保长我日你闺女!”接着就被两个日本兵架走了。

两个日本人押着尤狗子走到村北城湖边的时候，湖里已有不少日本人。这地方距县城很近，通往县城东城门的路上全是雪。雪地上有许多被汽车和摩托车轧出的辙印。青色的辙印在白色的雪野间似条条滚动的巨龙，于轻风中舞蹈着飞向县城的东门。陈州城的轮廓在灰色的天际间时隐时现，让狗子感到一种海市蜃楼的错觉。

湖面上的士兵很有条理地散站着，立正的姿势能让人联想起砍掉树冠的树桩。尤狗子被带进“树桩”之中，一个翻译模样的人走过来，问尤狗子说：“你就叫尤狗子?”

尤狗子点了点头。

翻译很认真地望了尤狗子一眼，然后拿过来铁钻和锤子，对尤狗子说：“今日藤田大佐要钓冰鱼，让你打冰洞！”

藤田大佐就走了过来。藤田大佐穿着不是太厚，鼻梁上的金丝边眼镜与冰雪相映生辉。藤田大佐踏着冰雪走了过来，脚下踏出清脆的响声。大佐站在狗子的面前，很仔细地看了看狗子，然后就朝湖深处走了几步，察看了一下，朝尤狗子摆了一下手。

尤狗子遵照翻译官的指示拎过铁钻和铁锤走过去。这里已离岸老远，城湖如同一面巨大的镜子，反射着一望无际的光亮。尤狗子小心地走到大佐面前，发现大佐站的地方一片乌蓝。尤狗子就知道大佐是内行。能从冰的颜色上分辨出水深浅的人大多都是冰钓的高手。

藤田指了指脚下，示意尤狗子打冰洞。

尤狗子迟疑了一下，啐啐唾沫，勒了勒腰间的草绳，开始钻打冰洞。钢钻凿起一片片细小的冰碴儿，堆积在乌蓝的冰面上，很快便组成了一把硕大的打开着的折扇，给人一种几何的美感。藤田禁不住啧啧赞叹尤狗子的凿冰技术，而且伸出拇指。这时候，冰洞已具雏形，洞口如同没有打磨的盆口。随着尤狗子熟练的动作，冰的厚度逐渐显露。尤狗子凿上一阵，用手把洞里的冰碴儿捧出来。为捧洞里的冰碴儿，尤狗子必须跪下。他只穿了一条单裤子，刺骨的凉气透过膝盖通遍全身。好在他上身由于活动已经产生了不少热量，才不至于双手冻木捧不出冰碴来。冰只有一尺多厚，不一会儿那冰洞里就含了水。尤狗子捧完冰碴儿，又一阵紧打，底层的冰就“咕咚”一声掉进了湖水里。尤狗子趴在洞上，开始贪婪地吮吸湖水的热气。他就听到了鱼游的声响。

尤狗子扭脸对藤田说：“可以了，下钩吧！”

藤田走过来，伸头望了望冰洞，对尤狗子说：“你的，一边去！”

尤狗子不敢怠慢，手提着锤子和钢钻恭敬地站在了一边。

藤田朝着远处的几个日本兵挥了一下手臂。几个日本兵得到指令，迅速从汽车上卸下来一个木架，抬到冰洞跟前。尤狗子看那个油腻腻的木架，一眼就认出这是卖肉的架子。

尤狗子打量了一下那个肉架子，又看了看藤田，猜不出是何用意。

藤田的白手套在空中划了一道弧线。

尤狗子知道这又是一道命令。

四个日本人从汽车的另一边押过来两个中国人。

尤狗子顺着众人的目光，远远望到一个红底碎花的棉袄，知道其中有一个女人。女人的旁边有一个以相同速度移动的粗布棉袄。黑色的棉袄带着染坊的气息正在闪烁幽色的光芒。

四只赤脚行走在冰面上，将脚趾蹺得老高。

架子旁的几个鬼子麻利地拉过两个犯人，然后像屠夫吊猪肉一样把他们吊在肉架上。

四只青紫的脚离地半尺，开始在风中摇晃，远远看去，犹如四朵绽开的墨菊。好在他们都穿着棉衣，只有上吊的双手和裸露的脚变成了乌青色。他们满脸是伤，看到尤狗子的时候就闭了眼睑。

那个翻译走过来，指着两个犯人问尤狗子说："认得他们吗?"

尤狗子摇了摇头。

"他们是县大队的!"翻译官面色透出得意，对尤狗子说："让皇军给活捉了!"

几个月前，田地里全是青纱帐，城湖里长满了芦苇，县大队凭借青纱帐和芦苇打鬼子，时时传来令人振奋的消息。只可惜，可怕的严冬使世界裸露无遗，县大队也像是失去了双翼，虽然仍有捷报传来，但已不再像以前那样频繁……尤狗子想到这儿，禁不住望了他们一眼。尤狗子还从来没有亲眼见过"县大队"，更不知道这支队伍里还会有女人。

女队员的头发很长，散乱的长发带着辫子留下的痕迹，弯弯曲曲地在风中甩飞。远远望去，她冻乌的脸上像是蒙上了一层白霜，"白霜"中间有几道冻结的血迹。男队员脸上的伤疤比女队员的密了许多，由于没有长发甩打，狗子觉得他似乎没有他的同志那样令人心疼。

风顺着一览无余的湖面呼啸而来，将堆积的冰碴儿卷飞到半空，迷迷荡荡，在空中制造着一片又一片晶莹的光芒。尤狗子打了一个冷战，听到自己牙齿打架的声响。尤狗子出了一口长气，白色的哈气像炊烟一样升起。他提了提将要滑落的铁锤，看到女队员悬在空中的身子正在倔犟地扭动。

女队员眼睛里有一股子让人说不出来的“劲儿”，尤狗子觉得就是这股子“劲儿”，让这位年不过三十的女人参加了那支捷报频传的队伍。

这时候，一个日本兵走上前来，用刺刀划破了男队员身上的棉袄。崭新的棉絮随风飘舞，先是白了一大片冰面，然后又掠过冰面朝很远的地方飞去。

不一会儿，那个男人就被剥得一丝不挂。

尤狗子同情地望着他，发现他的赤身很瘦，肋骨一条一条的，被刺刀划破的地方正在朝外浸着鲜血。

翻译官颠着碎步走到藤田大佐跟前，用日本话叽里呱啦地说了一阵什么，然后来到瑟瑟发抖的男队员跟前，问他是不是想明白了。

男队员轻蔑地盯着翻译官，一言不发，随后又努力吐出了一口唾沫。

翻译官回头扫了一眼藤田大佐和散站的日本兵，发现他们都正朝这边张望，一时间尴尬得有点不知所措。他骂了一句男队员，又回到藤田的身边。

大概过了五分钟，藤田大佐见县大队的男队员仍“想不明白”，便朝手下挥动了手臂。

一个日本士兵得到命令，提着铁皮水桶吱吱扭扭地走到冰洞跟前，发现冰洞里的水又结了一层薄冰，他用着铁皮水桶朝下猛地一蹾，破冰取出一桶湖水，泼在了男队员赤条条的身上。

湖水顺着光滑的身子滚落而下，狗子看见男队员身上的肌肉开始激烈地颤动，就像刚刚被人涂抹上盐巴的鲤鱼。

接着又泼了一桶……

直到那白色的赤身上水汪汪了方罢休。尤狗子看到这情景如傻了一般，直到这时候才悟出日本人“钓冰鱼”的真正含义，禁不住抖了一下。那男的仿佛已变成了一条硬的大鱼，湖水在他的皮肤上慢慢朝下滴淌，脚下一片水渍，接着，湖面上的水和他身上的水开始黏稠起来。他的皮肤被风吹得惨白，阴毛上的水已结成冰珠儿，在风中摇击出很奇怪的声音。

吊在他身旁的那个“女县大队”痛苦地闭上了眼睛。

藤田很笔挺地站在尤狗子的前面，不时朝他的部下挥动那只戴着白色手套的手。

几个日本兵轮换着朝那个男人身上泼水。

那男人身上开始结冰。那冰从下往上一点点儿侵袭，像是先穿上了冰靴，然后穿上了冰裤，接下来，那冰就慢慢地越过他的腹部……那男的周身开始透明起来。最后他像站进了一个硕大的冰棺里，头颅痛苦地朝下勾着，像耶和华钉在十字架上的雕塑。

尤狗子像是自己也被冰冻封存了一般，吓得连大气都不敢出。

这时候，他看到藤田的白手套又在空中划了一道弧线。

一个日本兵走到那女队员的面前，开始用刺刀划拉她身上的衣服。

女队员的棉袄已在岁月里板结成块，没有呈现刚才如花的飞扬。

随着日本军刀的挥舞，那女的只剩下一件划破的内衣，胸围很高地耸立着。

翻译官走过去，止了日本兵挥动的军刀，开始劝说那个女的：

“他已经死了，只要你说出来，我们一定替你保密！”

那女人高傲地朝后甩了一下头发，但是风又迅速地把头发吹过来，盖住了她的脸。尤狗子听到她骂了一声什么，惹得翻译官连连后退。

藤田的白色手套在空中猛劈了一道直线。

一个日本兵上前撕下女队员残破的衣裳，湖面上立即闪现出一道白光，四处继而响起了鬼子们淫荡的笑声。

尤狗子怔然地望着那片光辉，脑际间顿时一片空白。他只觉得有一股热血正直冲他的天灵，一瞬间他就像走完了一个凝重的人生，说不清是下意识的情绪膨胀或是神的驱使，他十分清晰地听到他的灵魂深处很低沉地怒吼了一声，接着就把那把铁锤很准确地镶进了藤田的脑袋里……

李少卿

茶园，在陈州统称“清唱茶园”，就是可以一边饮茶一边听曲的那种。陈州茶园最早出现在晚清，具体时间无人考证。茶园也有档次之分，高档的园内建有小舞台，能彩唱，也可开大戏。低档的只能清唱，像唱玩会，有鼓有锣有胡琴，三五人一伙，一个人顶多种角色，敲打起来，也算一台戏。

在清末民初年间，陈州最有名的茶园是“雅园”。据《陈州县志》载，雅园大约建于民国五年，地址很好，前临陈州大酒店，后临祥云公路，老板姓李，名少卿。园内既是茶棚也是戏院，建有舞台。演出当中，送茶的相公来回穿梭，也有卖瓜子的，摺手巾把儿的，卖“大炮台”机制香烟的。陈州一带剧种多，不但有梆子戏，还有曲剧、越调、道情、二夹弦、四平调，除去这些，还不时有曲艺大腕来演出。豫北的坠子皇后乔清芬就常来演出《五蝶大红袍》《金镯玉环记》什么的，一人一台戏，很是叫座。据传到了民国二十几年，这里还放过电影。什么《火星人》《大香槟》《难兄难弟》《破镜重圆》等影片，多是在此放映的。

李少卿是陈州北白楼人，父亲是个大财主，李少卿从小喜欢听戏，因白楼离城不远，他常常随伙计们进城看大戏。尤其是每年二月二太昊陵庙会期间，他几乎就住在了庙会上。因为每逢庙会，来的戏班子就多，往往是几个戏班子对台唱。当时最有名的戏班子有大赵家、二赵家、周口“一把鞭”、太康道情班、项城越调班，听得多了，他慢慢也开始学唱，与名伶交朋友。有一年他去汴京，见城里有茶园子，内里可以唱戏接戏班儿，不禁心动，回来劝说父亲，卖了十几亩好地，便盖了这个“雅园”。

由于“雅园”档次高，接戏班儿多接名班，慢慢就成了某种象征。来这里听戏喝茶的顾客也多是有身份的人，党政要员、商家大贾，请客谈生意，“雅园”是最好的去处。名伶们自然也愿意朝这里来，票房好，捧场的多，那是一种享受。新角儿更想朝这里来，因为一进来就长了身份，不红也可以被捧红。用现在的话说，这叫“一炒天下知”。

李少卿是懂行的人，一旦发现好苗子，他就极力将其捧红。被捧红的角儿，三年内要向他交“炒银”若干。这叫“暗钱”，又是两相情愿。当然，也有忘恩负义的小人，被捧红了，却忘了“雅园”的功劳，不但不交“炒银”，有时还拿大。对这种人，李少卿也有招儿治他们。有一年，一个名叫“草兰香”的女艺人被“雅园”捧红后，三年不进陈州城，更不向李老板交“炒银”，还私下说自己唱红是自然条件好，就是“雅园”不炒不捧也照样能走红。李少卿听说后笑笑，第二年就物色到一个比“草兰香”更好的苗子，取艺名叫“香草兰”，专演“草兰香”演的戏，后由李老板出资，为她所在的班子添置全新行头，并包班三个月，专与“草兰香”的班儿对棚，一直将“草兰香”顶“臭”为止，害得那“草兰香”与班主一同备厚礼来向李少卿赔情，并付了所欠的“炒银”，此事才算了结。

慢慢地，李少卿就成了陈州一带不登台的“戏霸”。自然，随着李少卿的名声越来越大，陈州茶园也越来越红火。为扩大经营，李少卿在周口、项城都开了分园。

陈州沦陷的那一年，李少卿已年过半百。由于战争，戏班子大多散伙，没散的也跑进了国统区。论说，李少卿在国统区也有分园，可以避难一时，怎奈当时其母病重，李少卿是个孝子，只让家人去了项城，剩他一人留在家中侍候老娘。日本人侵占陈州之后，要搞什么皇道乐土，听说李少卿的茶园办得好，就派人将他叫到了日军指挥部。

日军驻陈州的指挥官叫川端一郎，喜音乐。不知什么原因，他对河南梆子戏也情有独钟。日军占领陈州之后，他就打听到李少卿这个人，今日唤他来，主要是想通过他将这一带的豫剧名伶召到陈州来，唱上几台大戏，以显示出“皇道乐土”的神威。李少卿一听这话，比较犯难地说：“太君，若在过去，这种事儿并不难。可现在战乱，戏班子有的散了，有的在国统区，不好办！更何况有不少伶人因为你们的入侵，都剃了光头留了胡须，发誓抗战不胜利决不演戏，更给这事增加了难度，你让我怎么办?”川端一郎是个明白人，他知道李少卿说的都是实情。可自己能将不容易办成的事办成了，那才叫真正的胜利。于是，他冷下脸来对李少卿说：“皇军来了，你们有不少艺人不但不欢迎，而且还煽动民众反抗！这是大日本帝国所不能容的！让你来，就是让你引线，由我们来征服他们!”李少卿双手一摊说：“眼下连人都找不到，你们征服谁?”川端一郎冷笑一声说：“我们唤你来就是让你去找人!”李少卿为难地说：“我毫无他们的信息，你让我去哪儿找?”川端一郎说：“这个我的自有办法，只要你帮我们找到他们的家人就可以了!”李少卿一听这话，知道这是日本人想先将艺人们的家人抓来，然后逼他们回来。这个日本鬼子外表文静，心可狠毒着哩，他觉得这是大节问题，决不能配合他们，便冷了脸问：“我要是不配合呢?”川端一郎望了他一眼，手一摆，只见两个日本鬼子将他的老娘架了出来。李少卿一看日本人抓了他的老娘，万分吃惊，怒斥川端一郎说：“我母亲重病在身，你们为什么如此对待她？”川端一郎笑了笑说：“你是孝子，我的知道！只要你帮我们，我可以让我们最好的医生给你母亲看病，不可以吗？”李少卿说：“你们真是欺人太甚！”川端一郎说：“我劝你还是老老实实地跟我们配合！”李少卿望了望川端一郎，问：“我要是不配合呢？”川端一郎一听铁了脸子，又一挥手，只见两个日本人牵来了两条狼狗。两条日本狼狗张牙舞爪，气势汹汹地对着李少卿扑来扑去。川端一郎双目紧盯着李少卿说：“你如果不配合，我就让狼狗当着你的面将你的母亲撕吃了！”李少卿一听这话，大惊失色，急忙说：“太君，万万使不得！我说就是了！”李少卿万般无奈，正欲说什么，只见他母亲突然挣扎而起，叫道：“儿呀，你万不能说，说了就成了千古罪人了！你万万不可为娘而失大节呀！”说完，老太太就要去死，可怎能动得了！李少卿望着倔犟的母亲，禁不住热血沸腾，他心中十分清楚如果顺了日本人，那才是最大的不孝。想到此，便大喝一声，喊道：“娘呀，自古忠孝不可两全，儿子先您老人家去了！”言毕，上前就死死抱住了川端一郎，一口咬住了川端一郎的鼻子……枪声响，李少卿倒在了血泊里……

抗战胜利后，陈州人自动捐款为李少卿母子立了一块“母子碑”，并特意放在太昊陵东厢房的“岳飞观”里，至今还在。

李云灿

茗香楼是一座藏书楼，为李云灿所建。李云灿字修敏，号暗斋，陈州人。清光绪九年（1885 年）举人，光绪十六年（1892 年）进士。历任登封嵩阳书院、武陟致用精舍、禹县颍滨经舍山长，河南优级师范学堂监督，入民国后任河南教育司司长、参议院议员、众议院议员等职。平生无他嗜好，独喜购书。一生购置约三万卷，藏于家。像《宋元学案》《明儒学案》《灵鹣图》《四部备要》《清通典》《清通考》《经籍篡诂》《皇清经解》《十一经音训》等重要图书均盖有“毋自欺斋珍藏”篆文长方小印，一般图书只盖有“茗香楼收藏书”石章和其他图章。李老先生年老居家，深居简出，很少与外界联系。李府在陈州城尚武前街，阔阔一宅，三进深。茗香楼在李府后花园东侧，紧靠城湖，算是那条街较高的建筑。楼内有专制的书橱，各种书籍分类储藏，甚为整齐，并编有《茗香楼藏书目录》，红格抄本，便于查找。后来李先生还拟定条例，拟在陈州开设群众图书馆，以会同好，也算是为家乡做些薄力之献。不料计划还未实施，日寇入侵，为躲战祸，携家眷避于项城，未能如愿。

李云灿带全家逃至项城后，心中一直惦记藏书楼，整天精神不振，日渐瘦弱。家人见他身体将垮，便请名医诊断。李云灿说："我病在心中，能治我病者，非茗香楼不可也!"言毕，便说自己要回陈州。家人听之大惊，轮流相劝，不醒，且病情越发严重，万般无奈，只得让他回陈州。

那时候国统区与沦陷区的防线在陈州南姚路口一带。蒋介石扒开花园口以后，这里沦为黄泛区。水冲的地方就形成了小黄河，两岸都有岗哨，盘查很严。因为李老先生当时已年过古稀，身体又虚弱，过渡口时就省去了不少麻烦。家人为他备的是辆胶轮马车，车夫姓黄，叫黄天，是李府的老佣人。另外，为照顾老人起居，还随车回去了一个厨娘和一个大脚丫头。也就是说，因为家人都怕日本人，随李老先生回去的没一个亲属，而只有三个佣人。不想李老先生为此很高兴，说这样好，我一人独来独往，没亲人相随，省得有牵挂。我也怕日本人，但我更怕身边无书。若不让我回陈州我会死得快一些，只要让我天天坐在茗香楼里，死而无憾！家人看他爱书如命，也只好随他了。

姚路口距陈州城还有三十华里，临近中午时，李云灿的轿车到了南城门，不想过城门时遭了点麻烦。因为查岗的是日本人，他们看李云灿一派儒家打扮，又坐着在当时算是较豪华的胶轮马车，便误以为是共产党的游击队或其他抗日武装搞的化装侦察。当然，岗哨里也有伪军，他们都认得李老太爷，忙让翻译给日本人讲了。日本人一听是李云灿回了，就拿出一个小本本儿查了查——上面果然有李云灿的名字，就急忙给总部打了电话，经过总部同意，急忙放行。

原来日本人也搞统战，每侵占一个城市，就对地方名流进行拉拢纳降，然后帮他们搞什么皇道乐土东亚共荣一体的把戏。李云灿官至省教育厅长，又是省参议院、众议院两院议员，自然是他们劝降的对象。日本驻陈州长官叫川原一弘，为能争取李云灿，不但没破坏茗香楼，而且还特意让人保护了起来。

这是李云灿做梦也未想到的。

李云灿回到府邸，见日本人非但未动茗香楼，连宅院也没遭到破坏，寂静的大院里，只留下他的两个老佣人，各厅房里的摆设一动未动，还是原旧一般。李云灿简直像走进了梦里，虽然还是那个家，虽然日本人什么也没动，却使他产生了某种陌生感。因为回来之前，他脑子里充满了战争的疮痍，现实与想象的反差如此之大，真让他有点儿始料不及。定神之后，接踵而来的就是另一种恐怖——他顿时感到这个平静的宅院已成为了一个巨大的陷阱！他一步跳了进来，说不清等待他的是福还是祸。

他知道，自己既然回来了，日本人肯定不会放过他。

果然，第二天，川原一弘就登门拜访了。

川原一弘年不过四十，个子很矮，他像许多矮个子日本人一样爱挺背扛胸，而且由于发育不成比例，头颅就显得过大。这种形象很像屠夫，再加上他那很浓的仁丹胡，更给人某种凶残手辣的感觉。

川原一弘见到李云灿，显得很高兴，说："我就知道先生会回来的！"

李云灿此时感到自己已走进一个阴谋，心想既回之则安之，很冷地说："你猜得很对。"

川原一弘笑了笑，说："我很理解先生的心情。先生虽然暂时走了，但魂一直就没离开茗香楼。一个人有体无魂，那只是一个躯壳儿。所以我就一直在等先生。你大概已经看到了，你的宅院可以说是陈州城目前最干净的一座宅院，茗香楼的书籍更是安然无恙。"

李云灿这才看了川原一弘一眼，问道："你到底要干什么？"

川原一弘又笑了笑，去了手上的白手套，说："先生别误会，我没别的意思，只是想请您出山，为皇军推行皇道乐土，让其在贵国的土地上施行得更圆满一些而已!”

李云灿深思了良久，问道：“我要不答应呢?”

川原一弘的蛇眼里闪出一丝冷笑，说：“我知道先生要这样回答，与我们配合的社会名流一开始都是你这种声音，但最后他们还是答应了。不过，你若不答应我也不强求，只是我将要把茗香楼里的这些书全部取出来!”说完，从袖筒里抽出一沓儿书目单，递给了李云灿。

李云灿接过书目单一看，双目顿然睁大，惊怒得嘴巴半天没合拢——原来书目上全是自己收藏的孤本！他颤抖着手又将书目翻看了一遍，最后长叹一声，对川原一弘说：“你们先拴了我的灵魂，然后让我就范!”

川原一弘“呵呵”干笑了两声，说：“话不可那般说，这只不过是咱们合作的一种方式!”

李云灿怔怔地盯着书单，盯了许久，最后长长地叹出了一口气，对川原一弘说：“这种事情非同小可，是出卖灵魂的大事！你要容我想一想!”

川原一弘一听李云灿说这话，也很长地呼出一口气，说：“好吧，我恭候先生的抉择！只是不过要有个时限，这样吧，我限你三日，三日后我希望能听到先生的佳音！因为我不愿听到任何与我相左的消息!”

李云灿双目仍在打直，一天茶水未进。

第二天，仍是茶水未进。

第三天，李云灿走出了卧房，他命家人买来几十丈白绫，给茗香楼全楼挂白。接着，自己也一身重孝，在楼前摆上香案，开始焚香祭楼。他燃上一炉香，然后长跪于地，很静地等着川原一弘。

川原一弘来了。

川原一弘一看茗香楼全楼挂白，李云灿也一身重孝，很是不解，问道："李先生，这是为何？"

李云灿双目微闭，很平静地说："想我李某，一介书生，一不能保家，二不能卫国，平生也就这么点嗜好，为我们大汉民族收藏点书籍。可惜，现在也保不住了。为不让国宝落入你们这群倭寇手中，我只好亲自送它们上西天！"言毕，抬眼看了立在楼前的车夫黄天一眼。黄天立刻点燃火把扔入楼内。因楼内泼满了汽油，顿时，一片火光。

李云灿站起身，一步步向火海走去。

川原一弘看得呆了，许久才高喊道："拉住他，快拉住他！"

此时李云灿已走到楼门口，扭脸对着川原大笑三声，然后就从容地走进了火海里。

李家的佣人一片哭声。

川原一弘气急败坏，将李府佣人都捆绑了起来，审问李云灿是否转移了那些孤本。因为他坚信李云灿爱书如命，决不会将那些国宝级藏书随他火葬。很可能他烧的只是一座空楼，重要书籍肯定暗地转移了。果然，李家车夫黄天就站了出来，对他说：“转移书籍是我一个人按老爷的指示办的，你放了他们，我可以告诉你们那些书藏在何处。”

川原一弘看了看黄天，信了他的话，便放了其他人，要黄天带他去找书。黄天跪在楼前，磕了三个响头，哭着说：“老爷，恕小的不孝，为救众人，我也只好如此了。”说完，抹了一把泪水，站起身领日本人去了后进院的一座小楼里。

小木楼是李府的储藏室，里边全是破旧的家具和一些坛坛罐罐。黄天领川原一弘和几个日本人上了三楼。里面果然有几橱旧书，但更多的却是李府储存的老酒，黄天走上楼，突然就举起一把铁锤挨个儿砸烂了十几个大酒坛，然后堵了下楼口，大笑着对川原一弘说：“老爷命我藏的那些孤本，你们永远也找不到了！我今天就是要为老爷报仇才领你们来这里！你们上当了。谁也别想下楼了！”说完，就从怀中取出火柴，一下划着了四五根，扔到了楼板上，顿时，火光四起，小木楼成了一片火海……

据年过九旬的一位李府老佣人回忆，那一年的大火几乎使李府全部化为灰烬，共烧死包括川原一弘在内的六个日本人。

刘　二

陈州多湖，湖内多鳖，屡捉不尽，便造就出一批捉鳖能手。刘二就是远近闻名的捉鳖大王。

世间凡是称王者，必有绝技。刘二捉鳖，一是眼真，二是手准。他先把自己变成了一只“鳖”，知其行，懂其道，手到擒来，可谓神奇之极。

鳖，食居有规律。夏天浅水滩，冬天暖水窝。夏天头仰起，秋季头朝里。刘二能按照不同的季节寻出那仅露一点儿的鳖头或鳖鼻——冬春二季寻鳖鼻，夏秋之际找鳖头。有人说他能闻出鳖味儿来，相传有所失真，但无论冬夏春秋，皆逃不脱他的火眼金睛这一点无疑。鳖还有向阳向绿之脾性，更有“两不卧”之习——不卧污泥窝，不卧石头窝，一般爱卧在清水浅沙处和多螺蛳的绿色水草下。一旦看准，刘二就蹑手蹑脚。出手如箭，一举之劳，鳖便成了瓮中之鳖。

刘二能日捉几十只，自然称得起“王”。

鳖称团鱼，又叫甲鱼，味鲜美，能壮阳延寿。吃鳖吃鲜，死鳖吃不得。尤其被蚊虫叮死的更不可食。因而有捉鳖难放鳖更难之说。刘二家特备养鳖池，池内有浅沙。捉了便放进去，冬夏皆有鲜货。

刘二不但卖鲜团鱼，也出售团鱼汤。刘氏团鱼汤，肉色鲜活，味美别致，堪称陈州一绝。刘氏团鱼汤不在街上出门面，更不挂招牌，只在家中做。若有人前来定汤，他便到鳖池内捉出一只，用草戏出鳖头，一刀剁了，放入热水中，煺去鳖衣，掀开鳖甲，取出五脏，只留苦胆。刀解数块后，把胆汁搋进肉里，然后爆炒。等五味“吃”进肉中，方添水烧汤，顿时满屋异香。

据传鳖之最贵处便是这股异香和鳖裙，因而刘家人皆长寿。

大凡来陈州的官员或贵客，除去品尝蒲根儿外，更不忘喝一顿刘氏团鱼汤。每每酒过三巡，刘二便按时送来了鲜汤。客人盛情不过，敬酒三个。刘二也不客气，一气喝干，双手抱拳晃一周说：“见笑!”然后便端起托盘出门，并不急走，直等满棚赞叹声起，方心满意足回家忙活。

刘氏生意极红火。

这一年，陈州沦陷。一日本大佐听说刘二汤绝，便派人命令其日送一汤。刘二应下，做了，端汤直送宪兵队部。那大佐正在院里纵使狼狗撕一个女人的衣服。那女人惧怕地惊叫着。大佐哈哈大笑，双目放出淫光，直盯那女人雪白的奶子……刘二面色苍白，双腿禁不住地打战，鳖汤溢了一托盘。

日本大佐见刘二送汤来了，便止住了狼狗，放刘二进了他的卧室。刘二余惊未消地放了汤，正欲回走，突然被大佐喝住。那大佐的鹰眸时而盯汤，时而盯着刘二那苍白的脸，突然冷笑一声，命人从食堂内端出两只碗，把鳖汤一分为二，指着其中的一碗命令刘二道："你的，先喝！"

刘二擦了一把被吓出的汗水，端汤先喝了。好一时，大佐方喝，喝毕，伸出拇指对刘二说："汤的大大的好！你的良民大大的！"

刘二如万针刺心。

即日起，刘二每天皆来送汤，照例是一分为二，他先喝，大佐后喝。

大佐喝过鳖汤，精力旺盛，杀人作乐，强奸妇女，无恶不作。

街人大骂刘二，说他用鳖汤养肥了一只狼。这只狼杀人成性，南京大屠杀时曾砍卷刃三把柳叶刀。刘二对狼如此孝敬，可见是一条没有血性的巴儿狗！

此后，再没人去刘家订汤。

刘二有苦难诉，仍得垂着眼皮去送汤。每日一次，从不敢怠慢。

这一天，刘二照例前来送汤。大佐照例一分为二，刘二先喝，大佐后喝。没想半夜时分，大佐七窍流血，一命呜呼。宪兵队第二天才发现大佐身亡，便火速捉拿刘二。谁知到了刘家，刘二也早已七窍流血，命丧九泉了……

据陈州人说，刘二为寻这种慢性剧毒药，曾送人二十只大团鱼。

赵氏姐妹

枪声断断续续，在东城湖周围构成一条摇摆不定的火线，似谨慎而又无情地收拢着的罗网一般，在长久不安的间歇中沿着湖边的树林和低洼的淖地向前或向后移动。爆炸的回声震耳欲聋。根据声音持续的时间，可以估出以城湖为中心的包围圈正在缩小。

赵丽娜和妹妹再一次对视。赵二小姐的眼睛里仍旧贮满了泪水。赵丽娜看到妹妹的泪光里有一种萧然的恐怖与柔弱的祈祷。赵丽娜缄口了。她十分清楚自己的心底和妹妹所祈盼的肯定雷同。在这个漫长沉默的过程里，她们的心仿佛都已横上了一条冰河，似乎能听到冰块与冰块的凄厉的撞击声。

时间仿佛错位，除去日出日落，枪声炮声，白天黑夜，没有人能说得清这是第几天了。赵丽娜对那天下午的记忆已感到十分遥远。那天天气还算晴朗，天空一片瓦蓝，几丝游云点缀着穹顶，在阳光里似雪白的茧丝。没有风。有黄鹂在村头小树林里叫。小麦已开始授粉，黄色白色的小花儿似泪珠儿般挂在青色的麦穗上，给人许多有关白馍的遐想。赵丽娜带着妹妹下湖的时候还掐了一支麦穗儿，很认真地剥开一粒“麦”的胚芽儿，胚芽儿似等待受孕般张开了白色的毛孔。那时候妹妹已抢先上了木船起了锚，然后掉转船头让她上船，紧接着船就随棹的划动而驶进芦苇荡。

她们住的村子叫赵各庄，在县城的东边，和县城隔了很大很大的水域。村子就在湖边处。村子里多是渔民。她们的父亲叫赵老会。赵家是城东颇有名的大户人家。赵老会的两个千金都在开封女高读洋学早已成为众所周知的事情。由于汴京失守学校停课，她们才双双回到了赵各庄。在那个多事的夏季里，赵丽娜和赵二小姐两个人常常划着小舟到芦苇荡里读书学习。两位赵府千金一个爱穿红，一个爱穿白，红白相间在万波绿色之中，成了那个夏天的最大景观。

那天午后姐妹二人划船驰进湖中芦苇荡时大约是下午三点多钟。赵二小姐把竹篙刚刚插进泥淖中，突然就听到四周枪声很急促地响了起来，接下去就望到湖岸上的村落里到处是火光。她们恐惧万分，正在不知所措，赶巧碰上了陈州抗日支队的薛队长带领队伍从她们的船边经过。薛队长的队伍全在十几条木船上，很急地朝湖水深处划行。薛队长认得赵老会的两个女儿，命人把船拢过来，对她们说日寇提前开始了“五一”大扫荡，现在四周全是敌人，一会儿敌人的汽艇就会来这里搜索，必须马上离开这里，把船驰到湖中心去躲避。姐妹二人互望一眼，仿佛处在噩梦中，许久了才恍出个“大悟”，急忙随薛队长向湖的深处划去。

就这样，她们和抗日支队一起被日寇包围了。

由于扫荡来得突然，抗日支队事先没准备，所剩干粮早已吃光，百十号人全凭吃蒲根充饥。由于吃生蒲根喝生水，大部分队员都开始了拉肚子。当然，赵氏两位小姐也不例外。

队伍急需粮食和面粉！尤其是赵氏二位小姐，已经面临死亡。她们细腻的肠胃仿佛经受不住粗粝食物的摩擦，划船去芦苇深处拉肚子的次数越来越多。有一天，二人终于连划船的力气也没有了，连送她们到芦苇深处解手都成了十分紧要的问题。

薛队长决定派人将两位小姐送回岸上。

被派的人叫胡刚，胡刚身体素质比较强壮，至今还未拉肚子。胡刚接到任务后，先跳到赵氏姐妹的船上，然后决定向东突围。赵氏姐妹软软地坐在船头处，胡刚奋力摇桨，轻轻驶进水道。那时候太阳已落，四周很静，偶尔有野鸭鸣叫一声，显得凄厉又苍凉。芦苇荡深处的水道很窄，两旁芦苇相互遮掩，使得水道更加神秘。湖风顺着水道袭来，吹动芦苇沙沙作响，仿佛内里藏着千军万马，让人心惊肉跳。

胡刚边划船边听着四周的动静，走走停停，警惕的目光射来射去。慢慢地天暗了下来，四周一片黯黑。大约走了几里路，胡刚停了划桨，仔细听了听湖边的动静，对赵丽娜说："赵小姐，前面就是开阔湖面，有敌人的汽艇，必须等到后半夜时分才能送你们越过这片净湖。"原来日寇害怕游击队躲进芦苇荡，特在湖四周将芦苇割净，成了一道很宽的净湖，毫无遮掩，湖上若有船只划过，一览无余。大扫荡期间，敌人又从开封调来了五艘汽艇，来回游弋，发现动静就开枪报警。为保险起见，胡刚决定先去赵各庄一趟，探探村中的情况，如果能见到赵老会，就向他说一说他女儿的情况。胡刚把想法向赵丽娜姐妹一说，两位小姐相望了一眼，一副拿不定主意的模样。胡刚说如果不探明岸上情况，贸然过去见不到父亲怎么办？村里有日本兵怎么办？听胡刚如此一说，赵丽娜方悟出探明情况的重要性，对胡刚说你可要早去早回。胡刚说如果不发生什么意外，我半夜就回来，回来后咱们就把船划到岸边去。说完，他把船划到一片浓密的芦苇丛中，安排赵氏姐妹无论遇到什么情况千万别声张。说完，他从腰里掏出小刀，削了一节长芦苇，噙在口中，下船潜进水里，悄悄向开阔湖面游去……

那时刻赵丽娜几乎把心提到了嗓子眼儿处，瞪大了眼睛望着黑乎乎的湖面，双耳仔细辨听着胡刚那很轻的划水声。慢慢地，四周再次陷入死寂。赵二小姐紧紧依偎着姐姐，浑身不住地发抖。这是她们入湖以来单独度过的第一个夜晚，与抗日支队在一起的时候，虽然艰苦，但她们从来没有孤独感。现在胡刚又渡湖去了岸边，偌大的东城湖中仿佛只剩下她们姐妹二人，她们又冷又饿又怕。那个深沉的黑夜给她们留下了不可言说的恐惧。她们像羔羊一样相互依偎，于心底深处默默祈祷着神的庇护。

可是，半夜过去不久，仍不见胡刚回来。又直直等到东方喷明，仍然不见胡刚的影子。赵丽娜心中焦急，耐不住地东张西望。夜晚将尽的天空已渐渐泛蓝，星儿光灿灿的，犹如颗颗水晶，透过一泓碧泉般地闪烁明灭。注目凝视的当儿，星星逐渐退去，天际愈益泛明，几乎转瞬之间，白昼就降临了人间。赵丽娜环顾四周，竟欲再探寻一下黑夜恐怖的踪迹，可夜的恐怖早已杳然离去，只留下人世间的残酷和凄凉。

赵丽娜让妹妹坐好，她开始在湖面上寻找那一根会游动的芦苇。此刻，她盼望着胡刚出现的心情比什么都强烈。她猜测着一夜间可能发生的事情，不知道胡刚为什么至今不回，更说不清事情会朝哪个方向发展。她深怕胡刚发生了什么意外，如果是那样，她们姐妹二人将是走投无路，只有活活饿死在城湖中。

这时候，她突然听到了几声枪响。赵二小姐惊叫了一声，赵丽娜急忙捂住了她的嘴。姐妹俩都瞪大了惊恐的眼睛朝枪响的地方望去，就见一艘日本汽艇从东方开了过来，船头上，绑着赤身裸体的胡刚。赵丽娜知道情况十分危急，顾不得多想，急忙掉转船头朝芦苇深处划去……

当赵丽娜气喘吁吁面色苍白地把船划回抗日支队隐藏的那片芦苇深处时，她一下就虚脱了过去。赵二小姐一边哭喊着姐姐，一边向薛队长诉说着胡刚的遭遇。薛队长面色严峻地唤过卫生员，要他尽快抢救赵丽娜，然后召开了党组会，决定再派侦察员上岸侦察敌情，然后再研究突围方案。

这时候，一个小战士摸回了十几个鸟蛋，薛队长让他用泥包了，开始在一个小岛上点火烧蛋。为不让敌人发现炊烟，几个战士在火周围扇烟，尽力把烟分散在阳光里。不一会儿，鸟蛋烧熟了，赵丽娜吃了几个热鸟蛋以后，精神好了不少。

可是，侦察员却一直未回来！

薛队长和政委觉得问题要远比他们估计的严重得多。为不全军覆没，他们决定天黑以后突围。政委也拉肚子。政委对薛队长说："我带领拉肚子的，你带领不拉肚子的，由我们掩护，你们向东突围，先将赵氏姐妹送回去再说。"薛队长不同意。薛队长说："你们身体虚弱，应该由我们掩护你们。只要你们突围出去，我们仍可以在城湖里坚持。等你们养好了病，再里应外合打出去不迟。"争来争去，政委没争过薛队长，只好按队长说的办。队长组织好不拉肚子的队员，挑选几名船手，拨给政委，然后就带领二十几个人向西划行，佯装突围。

不一时，西湖里就枪声大作。

枪声一响，政委急忙命令所有船只向东挺进。赵氏姐妹被安置在中间一条船上，紧随着政委的船。敌人果然中了薛队长和政委的声东击西之计，使得抗日支队突围成功。

为送赵氏姐妹，政委带队先进了赵各庄。赵老会见两个女儿还活着，惊喜万分。当赵丽娜姐妹将这些天的遭遇给他诉说之后，他一下就跪在了政委面前。

为感激抗日支队，赵老会急忙命人给战士们做好吃的，杀猪宰羊怕来不及，就先将两块现成的腊肉给熬了，还做了两筐子馍馍。队员们又饥又饿，早已拉得肚子里没了油水，见到好吃的，也就不客气，不一会儿便吃了个精光。

大概就在这时候，日本人突然包围了赵各庄。政委得知消息，正欲组织反抗，不料只觉肚内一阵剧痛，接着，就感到头重脚轻起来。他于恍惚中望了一眼战友们，只见个个面色苍白，大汗淋淋，一个个地倒了下去……

那时候赵老会刚刚安顿好两个女儿，当他走到前厅去看政委他们时，赶巧日本人也走进了院里。望着倒地的抗日战士，赵老会惊诧如痴。日本军的头目走过去看看政委又抬头看看赵老会，接着就向赵老会举起了大拇指。

日本人奖励了赵老会两万伪钞和一辆“蓝翎”牌自行车，并号召众人向赵各庄的维持会长学习。

不想几日后，赵老会悬梁自尽。可日本人却认定赵老会是他杀，是被人溺死后再挂进绳套子里去的。他们牵了几条狼狗来捉拿凶手，搞得人心惶惶好几天，最后不了了之。

赵丽娜经不住如此打击，精神失常，一年后的一天深夜，跌入湖水中身亡。

她的妹妹赵二小姐一直活到1996年。赵二小姐一生为此奇案付出了巨大代价。但她至死也说不清政委他们是食物中毒或是有人蓄意投毒？她更说不清父亲赵老会到底是不是真汉奸，父亲之死是畏罪自杀或是他杀或是良心发现或是怕跳进黄河也洗不清？

当然，这个半个世纪前的惨案不但折磨着赵二小姐，也同样折磨着陈州历史，因为至今仍是悬案。

孙方友主要著作目录

长篇小说：

1. 鬼谷子．郑州：河南文艺出版社，2002.
2. 衙门口．北京：现代出版社，2003.
3. 女匪．长江文艺·长篇小说，2008 春季卷．
4. 乐神葛天．北京：中国工人出版社，2010.

中短篇小说集：

1. 女匪．南宁：广西民族出版社，1991.
2. 无言的花环．南宁：广西民族出版社，1991.
3. 刺客．郑州：河南人民出版社 ，1994.
4. 孙方友小说选．长沙：湖南文艺出版社，1997.
5. 水妓．武汉：长江文艺出版社，2001.
6. 贪兽．北京：群众出版社，2004.

7. 虚幻构成．昆明：云南人民出版社，2005.

8. 女票．石家庄：花山文艺出版社，2005.

9. 美人展．郑州：河南文艺出版社，2006.

10. 各色人等．北京：群众出版社，2007.

11. 墨庄·花船．郑州：河南文艺出版社，2008.

12. 仙乐·青灯．郑州：河南文艺出版社，2008.

13. 鬼屁·穷相．郑州：河南文艺出版社，2008.

14. 雅盗·神偷．郑州：河南文艺出版社，2008.

15. 蚊刑·媚药．郑州：河南文艺出版社，2008.

16. 刀笔·绝响．郑州：河南文艺出版社，2008.

17. 血灯·追魂．郑州：河南文艺出版社，2008.

18. 花杀·狩猎．郑州：河南文艺出版社，2008.

19. 名伶．郑州：河南文艺出版社，2009.

20. 巫女．郑州：河南文艺出版社，2009.

21. 重逢．郑州：河南文艺出版社，2009.

22. 打手．郑州：河南文艺出版社，2009.

23. 鞋铺．郑州：河南文艺出版社，2009.

24. 白狗．郑州：河南文艺出版社，2009.

25. 冷面杀手．长春：吉林出版社，2010.

26. 富孀．北京：世界图书出版社，2011.

27. 奸细．郑州：河南文艺出版社，2011.

28. 谎释．郑州：河南文艺出版社，2012.

29. 黑谷．郑州：河南文艺出版社，2012.

30. 探监．成都：四川文艺出版社，2012.

31. 瑞竹堂．南昌：江西高校出版社，2012.

32. 打工男女．北京：中国工人出版社，2013.

33. 俗世达人．郑州：河南文艺出版社，2013.

34. 小镇奇人．北京：作家出版社，2014.

35. 陈州银号．成都：四川人民出版社，2014.

36. 陈州笔记全集(四卷本)．郑州：河南文艺出版社，2014.

37. 小镇人物全集(四卷本)．郑州：河南文艺出版社，2014.